深埋在心底的**恐怖事實**，命運會將其公諸於世

亞佛烈德・希區考克 著

繁秋 譯

最後的安眠

ALFRED HITCHCOCK

驚悚大師**希區考克**短篇小說集

急需出海的逃犯、完美的太空人、隱瞞了事實的傻瓜、藏著全部祕密的櫃子……

驚悚大師希區考克的黑色幽默，

就像海龜湯一般，不到最後一刻，永遠不會知道事情的真相！

目錄

海灘之夜

我們這裡的海灘是個很好的避暑勝地，每年夏天都會有許多人前來遊玩和避暑。喬治和貝蒂夫婦就是這樣，他們幾乎每個夏天都要從城裡來到這裡，盡情享受海灘的陽光，欣賞大海的迷人景色。這對夫婦的性格不同，喬治比較拘謹內向，而貝蒂則活潑漂亮。我甚至在想，貝蒂怎麼會選中喬治呢？因為這是一對外表看似並不般配的夫妻。當然了，這也沒有什麼可奇怪的，在我們的現實生活中，雖然有許多夫妻看上去並不般配，但是他們卻過得非常和諧、美滿。

或許你聽我這樣一說，會以為喬治是一個遜色的人，你可千萬別誤會，其實，喬治也是一個非常出眾的人，尤其是在他身上所表現出的那種真誠與可信，無論是誰，只要稍微跟他接觸一下，就能明顯感受到這一點。

去年夏天，我和妻子原以為他們夫婦還會到我們這裡來，但是沒有，聽說他們是去了斯普魯斯海灘。我妻子曾聽貝蒂說過，她和喬治就是在斯普魯斯海灘訂婚的，因此她對那個地方充滿了美好和浪漫的回憶。當妻子說這話時，我還覺得有些不可思議，但妻子卻批評我說：「你呀，真是麻木，怎麼就不懂得女人的這種細膩感情呢？要是換了我也是一樣。」聽著妻子的數落，我只好無奈地笑了笑。

然而，今年六月，喬治和貝蒂又來了，而且這次他們還帶來了兩個女兒，這兩個小女孩都很惹人喜愛，一個八歲，一個六歲，應該說他們是美滿幸福的一家子。

不過，我這一次明顯地發現了喬治身上的變化，他不再像以前那麼快樂，似乎總是顯得無精打采，神情憂鬱，即使走路時也總是低著頭，將雙手插在口袋裡，從來不看前方，他的臉上難得出現笑容，只有和孩子們在一起時，他才變得稍微活躍一些。「難道發生了什麼事嗎？」我和妻子暗暗猜測著。

我妻子的性格很開朗，也善於與人相處。沒過幾天，我就看到她和貝蒂經常在一起說悄悄話，猜想是和喬治有關。後來，妻子告訴我說：「我聽貝蒂說了，喬治的變化是從去年夏天到斯普魯斯海灘後開始出現的，究竟是什麼原因貝蒂也搞不清楚，因為喬治從來不談。」

有一天，我正在家裡修剪草坪，喬治來看我了，我當時很高興，就招呼他和我一起坐在門廊上。我從喬治的表情看，他似乎有什麼話要對我說，但嘴張了幾次還是沒出聲，可能是他不知道該怎麼開口吧。

我們就這樣四目相對，默默地坐了幾分鐘，最後還是他脫口而出：「請你告訴我，警長先生，如果一個人為了抽象的正義而毀掉自己的幸福，這樣做對嗎？」他的這句話問得很突兀，我一下子不知道該怎麼確切地回答，於是說：「沒有人能回答這樣的問題，喬治，你應該說得具體些。」

「哦，對，你說得對。」我原本等著他再說下去，可喬治只是喃喃地說了這句話，就再也不吭聲了，又過了一會，他就起身告辭走了。望著他漸漸遠去的背影，我思索著：「他問這話到底是什麼意思呢？」

第二天上午，喬治又來了，但他這次的神情比上次要緊張，「警長先生，我要是告訴你一樣罪行，你會去報告嗎？」他小心翼翼，試探性地問道。

「這要看是什麼罪行，嚴重不嚴重，在不在我的管轄範圍之內，我也許去報告，也許不去報告。喬治，你能具體說說嗎？」我希望他能如實地告訴我。

「那，那是一次謀殺！」說完，他的臉紅了，頭也低了下去。

我心裡一驚，迅速地打量了他一眼，看他的樣子，猜想他是猜到我心裡想什麼了。

不過，他很快又抬起頭，大聲說：「不是我幹的！不是，即使，即使我想殺人，我也不知道怎麼殺呀！」

「唉，這個喬治呀！」我不禁嘆了一口氣。或許他說得對，他不是那種具有暴力犯罪類型的人，不過，根據我三十三年的從警經驗，我也知道很難都一概而論，尤其是像喬治這種性格內向的人。

我預感到他接下來會說出實情，為了營造一種良好的談話氛圍，我特意從廚房取來兩杯蘋果汁，將其中的一杯遞給他，以便讓他潤潤嗓子，緩解一下情緒。

果然，當喬治喝了一口果汁，稍稍鎮定之後，就細細地向我說出了事情的原委。

關於他的故事，我們可以將時光倒回到十一年前。那時他正在讀高中，貝蒂也在這所學校，一個偶然的機會，他們就認識了。當時，他對貝蒂非常崇拜，尤其是她那一笑一顰，更是深深地烙在了他的心底。但喬治是一個羞澀的大男孩，他雖然很喜歡貝蒂，但好長一段時間都不敢貿然追求，其中有一次，他曾鼓足勇氣邀請貝蒂出去玩，但被貝蒂一口拒絕了，這讓他的內心很受傷，因此，自那以後他便對貝蒂一直是敬而遠之。

在他二十二歲的那年夏天，他參加了會計師資格考試，並順利通過。一想到自己秋天就要去波士頓工作了，而且那項工作非常不錯，他的心裡就充滿了快樂，因此決定在去波士頓工作之前，先痛痛快快地玩上幾個月。他選擇了斯普魯斯海灘，因為他的父母在那裡租有一間別墅。

喬治來到斯普魯斯海灘後，這裡的一切都在吸引著他。由於這裡是一個避暑勝地，一到夏天，來的人就特別多，有在海灘上晒日光浴的，有在海水裡游泳的，還有在太陽傘下看風景的。海濱不僅有一個大型的遊樂場，還有一條用木板鋪成的人行道，大約有一兩英里長。更有意思的是，這裡還有一個碼頭是伸進海中的，那上面建有騎樓和舞廳，一到夜晚，舞廳裡的燈光閃爍、吸引著男男女女去瀟灑。喬治在這些地方都玩過，感到非常過癮。

有一天，喬治又來到海邊遊玩，當他有些玩膩的時候，眼前的一個人讓他吃了一驚：「貝蒂！怎麼會是妳？」「咦，是喬治！你好嗎？」貝蒂也驚喜地跟他打招呼，那口氣就像多年的老朋友一樣。

原來，貝蒂跟著她守寡的母親也來到了斯普魯斯海灘，她們住在美洲豹旅館裡。貝蒂不是那種跟人自來熟的人，因此，她雖然來斯普魯斯海灘已經有幾天了，卻一個人也不熟悉，有時自己出去玩也感到很寂寞，所以，她遇到喬治後非常高興。

很快，人們就經常在海灘上看到兩個年輕人的身影，那就是喬治和貝蒂。他們幾乎天天都在一起，比如一起游泳，一起行走在木板鋪就的人行道上，一起去海邊散步等，有時候他們也會待在旅館裡，比如就坐在美洲豹旅館的陽臺上，一邊喝著檸檬汁，一邊聊天。

喬治的內心很早就告訴自己，貝蒂正是他的夢中情人。他愛她，但羞澀又讓他不好意思開口，甚至每次他想向她求婚時，就會感到害怕，經常是話到嘴邊又嚥了回去，背後他也懊惱自己：「我是怎麼搞的，明明是愛她，怎麼就說不出口呢？」還有接吻，每次和貝蒂告別時，他都想吻她的嘴唇，但貝蒂卻總是轉過臉去，這樣他只能吻一下她的面頰。

時間就這樣一天天過去，眼看著離去波士頓的日子已經不遠了，喬治心裡很著急。他愛貝蒂簡直愛得快要發瘋了，「不行，我一定要得到她，我無論如何都要明確地向她求婚。」他不想眼睜睜地看著貝蒂這麼好的女孩從他手中溜走。於是在一天晚上，他面對貝蒂緊張地說：「貝蒂，請妳嫁給我好嗎？我，我真的很愛妳！」說這句話時，他明顯地感覺到自己的心在怦怦直跳，還不停地用腳尖踢著沙子。

「喬治，說心裡話，我也很喜歡你，可是我不想結婚，至少是現在。」望著滿臉期待的喬治，貝蒂委婉地拒絕了他。

喬治當時真想跪下來，懇求她的同意，但他又天生不是那種人，當然也做不出那樣的事。當時，他與貝蒂又說了幾句話，自然都是些無關緊要的廢話，然後就轉身離開了，也沒有像往常那樣，連吻都沒有吻她一下。

隨著夏天即將結束，斯普魯斯海灘的天氣也逐漸變得冷了起來，基本上沒有人再到這裡來了，相反這裡的很多人也開始打包行李，準備離開了。這時的海灘，人煙稀少，各種娛樂設施也陸續關閉了，從曾經的熱熱鬧鬧一下子就變得冷清下來。

喬治和貝蒂還在這裡。貝蒂很喜歡在颶風角那個地方看驚濤拍岸的景象，她幾乎每天晚上都去，也不管晚上的風有多大。喬治對此並不反對，儘管他也知道貝蒂這麼做是很危險的，因為據說曾有人就被吹進海中，但他還是很高興能和貝蒂在一起。

時間過得越來越快，轉眼喬治已經在斯普魯斯海灘流連了將近三個月，第二天就要去波士頓工作了，這也意味著他和貝蒂只有一個晚上可以相聚了。那天晚上，天氣出奇地糟糕，西北風嗚嗚地颳著，風推浪起，足足有兩三公尺高。當喬治來看貝蒂時，只見她穿著一件米黃色的雨衣，正站在門廊下等他。

「貝蒂，今天的天氣不好，我們還是不要去了吧？」喬治耐心地勸阻說。

「沒關係，喬治，你還是陪我去吧！」貝蒂固執地說。

沒有辦法，喬治只好陪同貝蒂一起去颶風角。當時，外面的天氣漆黑一團，風雨交加，他們甚至連路也看不清楚，只能深一腳淺一腳地沿著海灘走。但是，當他們到了颶風角時，天氣卻突然轉好了，不僅雨停了，而且月亮也從雲層後鑽了出來，那皎潔的月光灑在海灘上，映得沙粒閃閃發光，雖然海浪仍然拍打著岩石，但這時的海灘已經很平靜了。

望著身邊的貝蒂，喬治心裡想：「明天我就要走了，只有今天這一個晚上了，我一定要抓住機會，說服貝蒂同意嫁給我。」

「來，貝蒂，我們還是到這裡來避避風吧。」說著，他把雨衣鋪在岩石下的避風處，拉貝蒂一起坐了下來。

這時，喬治在內心盤算著該怎麼說，反正他要再做一次努力，但是，他又像往常一樣，不知道該怎麼開口，而貝蒂這時則是將曲著的雙膝抬到下巴處，雙手抱著腳踝，默默地凝視著海面上的浪花。

喬治也將目光轉向海面。

這時，他看到遠處有一個年輕人正沿著海邊向這裡走來，慢慢地，那個人越來越近，只見他戴著一頂帽舌已經開裂的帽子，穿著一件皮夾克，將雙手插在口袋裡，邊走還邊吹著口哨。從外表看，這個年輕人的年紀也就是二十歲的樣子，喬治已經把他看得很清楚。

「他是什麼人？怎麼也趁夜色來到颶風角？」喬治心裡疑惑著，「看他那一副趾高氣揚的樣子，對，他還不停地四處張望，似乎在尋找著什麼，莫不是……」想到這裡，喬治突然覺得這個人很危險。

那個年輕人在離他們不到十幾碼的地方走過，顯然他沒有發現岩石下的喬治和貝蒂。他踩在潮溼沙子上的腳步悄無聲息，喬治只能看到他的身影在輕輕移動。喬治看著他遠去的背影，然後又瞥了貝蒂一眼，只見貝蒂依然在凝視著海面的浪花，顯然她根本沒有意識到剛才有人從他們面前經過。

喬治輕輕地將自己的手搭在貝蒂的手上，但是她沒有任何回應，依然凝視著大海。喬治又轉過頭去看走遠的那個年輕人，他發現，那個年輕人走著走著突然停了下來，然後站住了，一動也不動，足足有一兩分鐘的樣子。突然，他又像兔子一樣朝著一艘被拉到岸上的腐爛的破船跑去，看樣子是想躲到那裡。

緊接著，喬治又發現海灘上出現了第二個人，這個人是從鎮裡走來的，個子不高，身材比較胖，看他走路搖搖晃晃，走幾步就要停下來挺一下身體的樣子，猜想是喝醉了。

喬治感到很奇怪，「難道他是找那個年輕人的？」他睜大眼睛，緊盯著岸上的那艘破船，想發現剛才的那個年輕人，然而他卻看不見任何蹤影，因為破船的後面是密密的灌木叢和一條小路，再往後面就是一排松樹了。「大概是那個年輕人認識這個矮胖的男人，故意不想讓他看見，所以就從船後面順著小路溜走了。」喬治暗暗地想。

那個矮胖的人仍然搖搖晃晃地向前走著，彷彿還傳來他唱歌的聲音，不過由於風聲和海浪聲太大，所以喬治聽得不太清楚。那個人慢慢地走近那艘破船，突然，喬治又看到了先前的那個年輕人，不知他是從哪裡鑽出來的，只見他跪在船頭，就像一個捕食的動物那樣蜷縮著身子。「瞧，他手中還有金屬在閃光，可能是刀，也可能是手槍。」喬治一時還拿不準年輕人究竟要幹什麼。他本來想要大聲叫喊，提醒一下那個矮胖男人，但他猶豫了一下，結果後面的事情就發生了：只見那個手中握有金屬東西的年輕人躍身一跳，猛地撲向那個矮胖男人，那個男人也似乎聽到身後有響動，於是搖搖晃晃地轉了個身，向後退了幾步，剛好跟年輕人打了個照面，只見他張開兩臂，朝著年輕人撲了過去，突然「砰」的一聲，傳來了一聲槍響，矮胖男人先是直起身，然後又重重地栽倒在地，一動也不動了，看樣子是死了。那個年輕人趕緊俯下身，開始翻他的口袋。

看到這一場景，喬治嚇呆了，他的手不禁緊緊地攥住了貝蒂的手腕。「哎喲」一聲，貝蒂痛得叫了起來，她轉過頭剛要說話，但此刻喬治意識到事情就該是這樣，貝蒂不像他那麼生性謹慎，剛才她正背對著那個場景，不知道究竟發生了什麼事，如果她親眼看到那個場景，一定會跑過去救助被打的人，於是，喬治雙手死死地抱住她，並將自己的嘴巴緊緊壓著她的嘴唇，防止她發出聲音，把她按倒在沙灘上。「喬治，你要幹什麼？」貝蒂拚命掙扎著，但喬治就是不放鬆，不僅將身體壓在她上面，而且越壓越使勁，貝蒂急得用牙齒咬住他的嘴唇，他嘴裡已經嘗到血的鹹味了，但不管貝蒂怎麼掙扎，喬治就是不放手，他的想法就是必須不惜一切代價讓貝蒂別出聲，因為那個年輕人剛才已經開了一槍，他會毫不猶豫開第二槍的，在這個緊要時刻，無論是貝蒂的性命，還是他自己的性命，就取決於他們是否靜默無聲，不被小夥子覺察了。顯然，剛才的槍聲已經把喬治嚇壞了。

貝蒂不明就裡，對喬治的這一舉動感到非常吃驚和憤怒，就拚命地打他，還用指甲抓他的臉，用雙手推他的胸口，想竭力把他推開。

喬治不僅不後退，反而壓得更緊了，他那沉重的身體分量幾乎要讓貝蒂窒息而死。

突然，他覺得身下的貝蒂已經不再掙扎了，她似乎全身癱軟，伸出雙臂緊緊地摟住了他的脖頸，將手指深深地抓進他的背裡，那原先左右躲閃的嘴唇也輕輕地湊近喬治，變得很有彈性而溫順了。這時的喬治，已經沒有了時間的概念，他不知道他和貝蒂在那裡躺了一分鐘、兩分鐘，還是十分鐘。

慢慢地，他又抬起頭向那邊的海灘張望，只見那個矮胖的男人趴在破船邊的一個土堆上，仍然是一動不動，而開槍的那個年輕人早已不見蹤影。情況總算過去了。

喬治趴在沙灘上的時間不短了，腿也有些麻木，他試圖用一個膝蓋支撐著抬起身子，就在他起身抬頭的瞬間，他突然又看見了那個年輕人，而且距離自己非常近。喬治飛快地瞧了他一眼，就這一眼，讓喬治永生難忘。當時，月光正好照在年輕人的臉上，他看見這個人的臉又瘦又小，就像一個狐狸，滿頭亂髮，顏色是紅紅的，眼睛發黃，沒有耳垂，還有那把手槍，仍然握在他的手中。貝蒂顯然也注意到了這一情況。

「你看，喬治！」身旁的貝蒂低語了一句。

大概是貝蒂的這句低語驚動了年輕人，儘管當時海浪的拍擊聲非常大，而且他們又是處於下風頭，但那個年輕人仍然受驚了，他發現了貝蒂，就朝她撲過去。貝蒂顯然有了準備，她順勢向旁邊一滾，躲開了，年輕人又追上來，扭住貝蒂在潮溼的沙灘上廝打起來，幾個回合，貝蒂拚命掙脫出來，並用力搧了他一個耳光。你很難想像貝蒂這個女孩子的手勁有多大，就這一耳光，將那個年輕人打得搖搖晃晃，頭向後仰去。貝蒂趁他還未來得及作出反應，就起身飛跑走了。

喬治在不遠處看到了這一切，這時他也跌跌撞撞地站起身，瞪大眼睛四處張望，那個年輕人的身影已經不見了，只有貝蒂正沿著海邊拚命地奔跑。

喬治趕緊撿起雨衣，朝著貝蒂跑的方向追趕過去。但他天生不是運動員那類人，再說貝蒂又是先跑的，所以他追了一會就沒力了，大口大口喘著粗氣，兩個膝蓋也發軟了。

喬治喘息了一會，又繼續跑起來，不過始終還是落在貝蒂後面遠遠的。如果不是貝蒂跑到美洲豹旅館的門廊前停下來等他，他是無論如何也趕不上她的。

「貝蒂，聽，聽我解釋！」他氣喘吁吁地說。

「不必了！」她微微揚起頭，語氣傲慢地說。

「貝蒂，你聽我說，其實我並不想傷害妳。」喬治試圖說明情況，請她理解。

她沒有吭聲。

「親愛的，妳聽我說，剛才海灘那裡發生了一件可怕的事情，妳並不知道。」喬治說。

令喬治想不到的是，這時貝蒂突然咯咯地笑了起來，順勢投進了他的懷抱，並溫柔地說：「啊，喬治，我愛你！真的！平時你總是很冷靜，但我沒想到你今天會這麼充滿熱情。你知道嗎？每個女孩都想要一個為她而發狂的男人，喬治，我現在知道了。」說著，她從喬治懷中掙脫出來，滿臉緋紅，快步跑進旅館，隨手將門砰的一聲關上了。

「貝蒂今天怎麼了？！」喬治怔怔地站在那裡，他不敢相信自己的好運氣。

這時，喬治突然意識到一個更重要的問題：「那個矮胖的男人還躺在海灘上，我必須趕快通知警察，不能讓他就那麼死去。」

由於他的住處沒有電話，而這時旅館又全部熄燈了，所以他只好摸黑向鎮中心走去，至於警察局在哪裡他也不知道，但他相信自己可以打聽到。

當他來到鎮中心的街道時，四周漆黑一片，見不到一個人影，他藉著打火機的光亮看了看手錶，已經快到凌晨兩點了，怪不得全鎮毫無聲息。

「我該怎麼辦呢？」喬治緊張地思索著。這時，只見一輛警車從鎮子的一條小道開出來，速度很快，他招手想讓車停下來，但司機根本不理他，一踩油門就從他身邊飛駛而過，他很失望。接著，他又看到有兩輛警車呼嘯著向颶風角駛去，「警車是開往颶風角的，難道有人也發現了那個矮胖男人的屍體，報了警？也許那個男人沒死，或許是受傷不重，他自己通知警察的？」喬治猜測著。

喬治這時已經非常疲勞了。但或許是他覺得自己有責任關注這件事，或許是由於貝蒂的緣故讓他忘記了勞累，他還是鼓起精神，又拖著疲憊的雙腿，朝著汽車行駛的方向奔去。在奔跑中，他不經意間用手擦了擦臉，竟然摸到一股黏糊糊的東西。原來這是在海灘時被貝蒂用指甲抓破臉流出的血，早已經凝固了，現在一摸才覺得很痛，可在這之前他竟然絲毫沒有感覺。

「我今晚在海灘上目睹了一樁罪行，但當時卻沒有勇氣去阻止，如果警察調查後需要我去法庭出面作證，那可就糟了，別人會怎麼看我和貝蒂深更半夜躺在海灘上這件事呢？要是報紙把這件事刊登出來就更麻煩了，貝蒂會怎麼想？如果她不理解，我可能就會在剛剛贏得她的心時又失去了她。」喬治一邊跑一邊想著。

除此之外，還有一些問題也讓喬治感到不好辦，比如，警察如果不相信他的話怎麼辦？因為當時只有他和貝蒂在場，而他確信貝蒂什麼都沒有看見，所以根本無法證實他的話。警察如果將他當成嫌疑對象抓起來審問怎麼辦？因為他現在灰頭土臉、滿臉血痕，衣服上全都是沙子，完全可以當做是作案者被懷疑。如果自己在這裡繼續拖延下去，波士頓的那份工作怎麼辦？明天就是他報到的日子，他必須明天下午乘車前往才行。一想到這些，他的心裡非常焦急。

喬治又來到了颶風角，只見這附近停著好幾輛警車，車燈全部打開，照得海灘明晃晃的，其中一輛警車正尖叫著快速離去，這情景讓他感到非常緊張。從來都是這樣，只要一發生車禍或者凶殺，就不知道會從哪裡突然冒出許多人，現在也是一樣，有許多人不知什麼時候也圍在了颶風角這片海灘上。

圍觀的人正在議論紛紛，喬治也擠進了他們之中。

「我聽說是老帕特·昆丁被人殺了。」一個上了年紀的人惋惜地說。

「是的，我聽說警察已經抓住了殺人凶手，還從他口袋裡搜出一把手槍，那是個年輕人，據說是剛從教養院放出來的一個傢伙。」一個中年男子十分肯定地說。

「唉，我和老帕特相處多年，他可是個好人，這個殺人凶手真該受到嚴懲！」

聽到這話，喬治頓時感到輕鬆了不少。現在看來，即使沒有他的幫助，別人也發現了受害者，並且幫助警察抓到了凶手。這時，他似乎覺得自己和貝蒂沒有必要再捲入到這樁凶殺案中了，於是他悄悄離開了現場，獨自向家裡走去。

第二天早晨九點鐘，他正在刮鬍子，聽到收音機裡傳出新聞播音員的聲音，說是昨天晚上在颶風角海灘發生了一起凶殺案，六十二歲的帕特里克．昆丁被人用一顆子彈射殺，警察在犯罪現場附近抓到了凶手，是剛從佛萊蒙特教養院逃出來的理查．潘恩，今年剛滿十九歲。新聞中還說潘恩被捕的時候，警察從他身上搜出一把手槍和昆丁的錢包，根據警方的說法，此案已經徹底偵破。喬治聽完這些後，覺得自己可以將這件事從此忘掉了，因為一切都已經解決了。

喬治和貝蒂在斯普魯斯海灘度過了最後幾個小時，他們商定，一旦喬治在波士頓安定下來後，貝蒂就去他那裡，然後他們兩人就結婚。

當天下午，喬治和貝蒂就離開了斯普魯斯海灘。

在接下來的日子裡，工作在波士頓的喬治仍然很關注這個凶殺案的有關報導，可是波士頓的報紙卻很少刊登這方面的消息。

據說根據彈道專家的分析，當時射殺昆丁的那顆子彈的確是從潘恩的手槍裡射出的，而且從他身上搜出的錢包上的帶血指紋也是他的。後來又過了一個多星期，潘恩在獄中自縊身亡，自此這樁凶殺案也就算了結了。

喬治在波士頓工作的那家公司名叫馬克漢姆皮革公司。由於喬治工作很努力，運氣也不錯，再加上貝蒂的從旁幫助，所以他順風順水、一路升遷，還不到十年的時間就成了公司的副總經理，可謂春風得意。

喬治和貝蒂的婚後生活應該說是很幸福的。貝蒂看到丈夫事業有成，也很欣慰，唯一讓她有所抱怨的就是喬治對工作太過專注，經常會忽視她的感情和存在。

因此，每當她想抱怨的時候，總會對著喬治嘲笑說：「喬治，你還記得那個海灘之夜嗎？那時候你熱情無比，讓我都感到吃驚，現在怎麼就變得冷淡了呢？」

不知為什麼，每當貝蒂說這話時，喬治就會緊緊地抱住她，不僅呼吸急促、熱血沸騰，甚至十分害怕失去她，這讓貝蒂感到幸福而滿足。

喬治心裡很清楚，那天促使他在海灘上緊緊地抱住貝蒂的，並不是出於男人的一種激情，而是那樁凶殺案帶給他的驚恐。他曾一直好奇地想，如果貝蒂知道了這一實情，她又會怎麼想呢？

大概是喬治在那個夜晚帶給了貝蒂太多的驚喜，因此，她每年夏天都提議去斯普魯斯海灘度假，以便重新拾起美好的回憶，但喬治卻不願意這樣做，他不想再去那個海灘，尤其是讓他曾經驚恐萬分的颶風角，所以，他總是想方設法勸阻貝蒂改變主意，仍然來我們這裡度假。

不過，去年夏天貝蒂的態度太堅決了，喬治也只好妥協了。他們一家又去斯普魯斯海灘，仍然住在美洲豹旅館。白天，他們就帶著兩個孩子去海灘遊玩，孩子們很喜歡那裡，尤其是那條用木板鋪就的人行道，更是讓她們樂此不疲。她們還願意吃各式各樣的東西，其中最喜歡的就是餡餅了。看到孩子們幸福快樂的樣子，喬治和貝蒂也很高興。

沒過幾天，兩個孩子就在一條小街上發現了一家食品店，她們看到一個戴著白色廚師帽，繫著漂亮圍裙的人正站在玻璃後面，一塊塊白色的麵糰在他手裡就像變魔術一樣，一會拋到空中，一會再揉捏成形，最後通通放進了烤箱，不一會，香噴噴的餡餅就從烤箱裡端了出來。「爸爸，請帶我們去那個小店吃餡餅吧。」兩個孩子幾乎每天都向喬治央求著。

一天，喬治帶著兩個孩子來到了小店門口，「爸爸，快來，你看那個做餡餅的人真滑稽，他就像在表演魔術。」喬治順著孩子的手指向玻璃後面望去，一下子嚇呆了，只見那個人長著一張狐狸臉，頭髮是紅紅的，還有那對沒有耳垂的小耳朵。喬治不敢再正視那個人了。

「難道是他？」喬治有些不敢相信，「不可能，這一定不是殺害昆丁的那個人，十年前是潘恩殺的人。這個人雖然和潘恩很相像，可能這是他的弟弟，也可能是一對孿生兄弟。」儘管喬治認為這種可能性是有的，但他也知道這是在自我欺騙，因為，他對那天晚上海灘上那個年輕人的印象太深了。

喬治看著玻璃後面正忙著做餡餅的那個人，相信自己的猜測不會錯，他就是海灘上出現的那個年輕人。

第二天，喬治就開始四處打聽，了解到這個人名叫山姆·墨菲，雖然外表看還不算太大，但實際年齡卻不小了，也是個經常惹是生非的人，不過大多都是打架、酗酒之類，還沒有更嚴重的事情發生。

「怎麼才能驗證這個人究竟是不是十年前的潘恩呢？」喬治想出了一個好主意。他來到當地圖書館，從裡面找出十年前的一些報紙，其中有份報紙的第一版上，就有潘恩的一張照片。從照片上看，潘恩是個體格魁梧，滿頭金髮的人，而且顴骨很寬，眼睛也是灰色的，與當年他在海灘上看到的那個狐狸臉、紅頭髮、沒耳垂的小夥子大相逕庭。

照片下面還有一段報導，內容是說潘恩一直聲稱自己是無辜的，他自己那天晚上看到另一個年輕人從海灘上跑過，並把什麼東西扔到海灘上，稍後他走過去看，發現了一把手槍和錢包，他將這兩樣東西撿起來了，結果沒過多久就被警察抓住了。潘恩為了證明自己的清白，還自我舉證說，在他被捕時身上一分錢也沒有，但警方卻不認同這一說法，認為帕特或許是個酒鬼，那天晚上他可能把所有的錢都花在了喝酒上。儘管當年潘恩一再申明甚至抗議，但都無濟於事，因為沒有人相信他的話。

看到這裡，喬治的良心感到不安了，他知道潘恩說的是真話。

「我當時就該馬上去報警，那樣潘恩就可能還活著，而那個叫山姆·墨菲的人就得去坐牢。」一想到這裡，喬治就有些懊悔。可他轉念又一想：「時間已經過去十年了，我現在去說又有誰能相信呢？退一步講，潘恩在十年前就死了，即使警察相信我的話，但潘恩也無法死而復生了。而且，我還不得不面臨輿論的譴責，承認自己的懦弱，如果報紙再對此加以報導，那對自己將是非常不利的。我現在是事業有成，而且貝蒂還那麼愛我，如果貝蒂知道了真相會怎麼想？」這些都是喬治所擔心的，尤其是最後這一點。

喬治感到很痛苦，因為他十年來一直是生活在一個謊言中。他覺得貝蒂也可能會原諒他，但是他們之間的關係或許就會發生微妙的變化，如果他再擁抱她時，當年海灘上那虛假激情的回憶肯定會讓他們都不舒服的。

思來想去，喬治決定什麼也不要做。但是，這件事還是攪得他晚上睡不著覺，輾轉反側，心緒不寧，他在心裡暗暗地責備自己是個膽小鬼，是個懦夫。貝蒂看到喬治這個樣子，就知道他一定是有什麼事在瞞著她，「親愛的，你怎麼了？發生了什麼事？快告訴我！」她焦急地問。「沒什麼，別擔心。」喬治不肯吐露半個字。

喬治告訴我，這件事他在對我說之前，從來沒有對任何人說過。

這時，喬治長長地舒了一口氣，說道：「警長先生，我剛才說的都是真的，你是司法人員，請告訴我該怎麼做，我會按照你說的去做。」

「哦，我得仔細想想。喬治，你知道，如何看待這件事可以有各種不同的角度。」我搖搖頭說，沒有急於回答他的問題。

「那好吧，我等著你的結論。」說完，他就起身離開了。

喬治走了，但是他的這個難題卻落到了我身上。如果根據法律，我唯一的辦法就是去斯普魯斯海灘，為冤死的潘恩平反昭雪，把那個叫山姆·墨菲的真正凶手送上法庭。

但是也有些問題讓我不得不想，比如：這個案子是由斯普魯斯當地的警察承辦的，如果站在他們的角度考慮，不一定會認為喬治提供的證據可靠，事情已經過去了這麼多年，他完全有可能歪曲了事實；再說潘恩這個人，他是有前科的，在等待審判時他自殺了，這種情形通常是被認為承認有罪，現在僅憑喬治的一面之詞，那裡的警察是不會輕易重新調查此事的；喬治自己是否搞錯了？雖然他認為山姆．墨菲曾是個危險人物，但是這個人這些年來並沒有嚴重違法的紀錄……

我整個下午都在反覆思索喬治講的這件事情，甚至連晚上也難以入睡。

我的表現自然瞞不過妻子的眼睛。這麼多年來，她就有這個本事，如果她想打聽什麼事情，肯定會知道得一清二楚。果然，她第二天早上就開始詢問我，並很快從我嘴裡知道了喬治的故事。

她默默地坐在那裡，看了我一會，問道：「那你準備怎麼做？」

「這件事情很重大，我想，我應該開車去斯普魯斯海灘。」我說。

「不行！你絕不能那麼做！」她猛地站起來，大聲叫道。看著妻子的樣子，我不禁有些吃驚。

「你知道嗎，我聽貝蒂說過，她認為喬治在那個海灘之夜為了得到她，幾乎快要發瘋了，如果你那樣做的話，就等於打破了貝蒂的美好幻覺，她會怎麼樣？他們的婚姻會怎麼樣？他們的婚姻一定會破裂，這是一定的！那麼貝蒂以後要靠什麼生活？這些你都想過了嗎？」

「不行，我是個司法人員，必須要這樣做。」我依然堅持說。

「不准胡說！」妻子走過來，一下子坐到我的懷裡。她將全身的分量壓在我腿上，很重，不過，我倒覺得這樣似乎好受一些。

唉，我不想跟妻子爭吵，因為在我們三十多年的婚姻生活中，我得出的一條經驗就是，有時候你最好是閉上嘴巴，什麼也不要說。

也許我沒有履行司法人員的責任，也許我錯了！

椰子糖

在送芭芭拉小姐從醫院回家的路上，麥可慢慢地開著車，這時的他，彷彿已經不再是一個粗獷硬朗的警探了，而是變得特別溫和、耐心，因為，他身旁的芭芭拉小姐剛剛失去孿生妹妹，此刻她內心的痛苦可想而知。

麥可從一開始就對這個案子很感興趣。或許對於其他人來說，那只是一段已經被淡忘的日子，然而對於麥可和芭芭拉小姐來說，則是有著深刻的感受。

他一邊慢慢地開著車，一邊在腦海裡回憶這個案子的種種細節：事情發生在一個星期天的早晨，那天的天氣很好，有兩個頭上梳著小辮子並繫著漂亮的緞帶，手上戴著白手套，身穿有襯裡並漿過的裙子的小女孩，正準備到街上的教堂去做禮拜。然而，她們中的一個卻死了，而且死得很慘，是被一個歹徒活活掐死的，這讓街坊四鄰感到驚恐不已，擔心那個歹徒可能就藏匿在街上的某一幢房子裡，使整個街區終日人心惶惶的。

汽車慢慢駛進一座庭院的車道上，麥可在一個陰暗處剎了車，然後他推開車門，跳了下來，轉身替芭芭拉小姐開車門。

在他的肩膀上，搭著芭芭拉小姐纖細的手，她顯得那麼無力和弱不禁風，這也難怪，畢竟她正經受著失去親人的重大打擊。麥可攙扶著她，沿著鋪有鵝卵石的小道，一直把她送到具有法式風格的落地門前，她顫抖著掏出鑰匙，開了門，他也跟隨她來到屋裡。

麥可藉著燈光四下看了一眼，發現屋子裡拾掇得很乾淨，家具等物品也都擺放得整齊有序。

「請隨便坐吧，麥可先生，你喝杯茶嗎？」芭芭拉小姐努力控制著自己的情緒，緩緩地說。

「好吧！」說著，麥可坐了下來。

芭芭拉小姐已經七十五歲，歲月的磨痕讓她的臉上布滿了皺紋，但臉部的整個輪廓還是美好的，不難想像她年輕時還是很漂亮的。這時她的兩隻眼睛，猶如兩個憂愁的藍色水池，溢位的滿是痛苦和哀傷。

「麥可先生，我知道你會問一些問題的，不要拘束，請問吧，我已經準備好了。」她一邊忙著擺茶壺和杯子，一邊說道。

「那麼，就請妳說說今天晚上的事吧……」麥可清了清嗓子說。

芭芭拉小姐的思緒進入到一種回憶中，開始平靜地講述起自己和妹妹的故事：「我和孿生妹妹居住在這裡，平時很少有娛樂，只是偶爾有三兩個朋友來喝喝茶，或者是玩橋牌，我們的朋友很少。白天，白天沒有任何預兆晚上會出事。」說到這裡，她不禁打了個寒戰，聲音也有點發抖。接著，她又說道：「下午，我用新軋碎的椰子做了一點椰子糖，麥可先生，你或許還不知道，偶爾做點椰子糖是我的嗜好，而且也是我們家的習慣。唉！」她嘆了一口氣，接著說，「在離我們這條街不遠的地方，住著一個可憐的年輕女人，她獨自帶著四個孩子，生活得很貧窮。在她的孩子中，有兩個是一對雙胞胎姐妹，說起來真怪，我一看到這兩個孩子，就覺得像我和妹妹一樣。

麥可能夠理解芭芭拉小姐的感受。同是孿生姐妹，小的一對和老的一對完全可能會培養起一種親近的關係。

「我和妹妹經常能看到她們，或者是在雜貨店裡，或者是在街上。大約有一年多的時間吧，我和妹妹經常幫助她們，也就是為孩子們做些小事。」說到這裡，芭芭拉小姐臉上露出了難得的笑容。

「你們姐妹的心腸真好！」麥可感慨地說。

「當然，我們也得到了報酬，那就是快樂！」她抬起頭，用一雙藍眼睛看著麥可說。緊接著她又補充道：「我和妹妹都喜歡孩子。今天，我們聽說其中的一個孩子病了，就趕快去找醫生，醫生看過之後，那個孩子就漸漸好了起來，她當時說想吃我做的糖，我答應下次來一定帶些椰子糖給她。」

「那麼，是不是妳妹妹今晚去送椰子糖了？」

「對！」她點了點頭。我看到她的臉上又浮現出悲戚的神情。

「我本以為妹妹送完糖後，在孩子家稍坐一會就會回來，因為我們家離那裡並不遠。可誰知她還沒有送到就……當時，她好長時間不回來讓我坐臥不寧，我就給那邊的公寓管理員打電話，請他找我妹妹接電話，可是管理員說我妹妹並沒去那裡，我驚慌了。」

她有些說不下去了，微微抖動的嘴唇也抿成了一條悲傷的線，顯然是痛苦的回憶讓她不堪回首。又過了好一會，她才將雙手緊握著放在膝蓋上，繼續說道：「我趕緊出去找她，可是到處都沒有，後來，當我摸黑走到雜貨店旁邊那個漆黑的小巷子時，聽到有輕輕的呻吟聲，我快步走到跟前，發現正是我妹妹，她倒在那裡，受傷的頭部還在流血……當時，妹妹用微弱的聲音告訴我，那個歹徒搶走她的皮包時，還吃了那些椰子糖……聽到這話，我全身顫抖了：簡直是禽獸不如，受傷人就在他腳邊，而他還在吃糖！」

「吃糖？那也許是個吸毒的，因為嗜糖是個象徵。」麥可說。

「妹妹告訴我，搶劫她的那個歹徒個子很高，臉上還有一個 W 形疤痕，是個年輕人。」這時，芭芭拉小姐再也控制不住自己的感情了，她淚流滿面地說。

時間不早了。麥可站起身，用手碰碰她那還在不停抖動的瘦削肩膀，溫和地說：「芭芭拉小姐，發生了這種事情，今天晚上妳就不要在家裡睡了，我看妳還是在別的地方過夜吧，由我來安排。」

「謝謝你，麥可先生，這是我的家，我不想離開它。」她婉言謝絕了。

麥可猶豫了一下，說：「好吧。不過我必須要提醒妳，在過去的六個星期裡，這一帶連續發生搶劫事件，這個案子已經是第四起了，也許還有我們目前不知道的情況，只是妳妹妹是頭一個喪命的人。」

「難道都是同一個人下的手嗎？」她小心地問。

「關於這個我們還不能肯定，不過有一個也遭到搶劫的女人報警時說，她在遭受重擊失去知覺之前看了那個人一眼，說他的面頰上有 W 形疤，其他的描述也和你說的基本一樣。」麥可說。

「看來是同一個人了，」她自言自語地說，「這麼說，你們一直在追蹤這個殺人不眨眼的傢伙，只是運氣差了點，是這樣嗎？」她似乎想知道警方破案的決心。

「是的。」麥可坦言。不過他又接著說：「請妳相信，只要罪犯一天不歸案，我們就一天不放棄努力。」

麥可向芭芭拉小姐告辭後，又回到了警察總局，但他的腦子裡仍然在思索著這件事。

想到芭芭拉小姐那痛苦的樣子，麥可決心盡快抓住凶手。「注意，有一個外貌體徵是高個子，臉上有 W 形疤痕，年紀在二十歲左右的嫌疑犯，他在搶劫時殺了人，如果發現就立即逮捕他。」麥可警探在無線電通訊室裡發出了命令。

為了追尋凶手，也為了保護芭芭拉小姐的安全，從這天以後，麥可每天晚上都開車在芭芭拉小姐家附近巡邏，只不過她不知道罷了。

他發現，芭芭拉小姐這些天有一個例行的做法，每天晚上天剛黑，她就從那幢老房子裡出來，然後慢慢朝西走，先經過那家雜貨店，再過一個十字路口，最後走完下一條街，返回時仍按照原路線。最初，麥可對芭芭拉小姐這種有規律的舉止很讚賞，他覺得這樣對於恢復她的精神狀態有好處。當然，麥可有時也不忍看她那躑躅的身影，畢竟是七十五歲的老人了，獨自一人在夜色中行走，看起來是那麼脆弱和無助。

芭芭拉小姐還有一個怪癖行為，就是每天晚上折返回來後，總會先在家門前站一會，回頭看她走過的那條黑暗的石子路，然後再進屋，接著，樓上有窗簾的窗後就會亮起幽暗的燈光，這時她準備睡覺了。

「可能是她用這種方法排遣失去攣生妹妹的痛苦吧？」麥可猜測著。

其實，芭芭拉小姐自從妹妹下葬後，就開始了這種夜間巡禮，即使風雨天也從不間斷，就好像悲傷和痛苦在逼迫她按照那天晚上妹妹為兩個小女孩送椰子糖的路線，去重踏那些令她傷感的道路。

儘管麥可對芭芭拉小姐用這種方式排解心中憂傷的做法能夠理解，但是，他也非常擔心她的安全，因為，那個殺人凶手很可能就躲在附近的樹影裡，或者是黑暗的門邊、小巷的角落。「她最好是趕快結束這種怪癖行為，否則是會有危險的。如果她繼續這樣做的話，我就要去找精神醫生了。」麥可默默地想。

三個星期後的一天，麥可又和往常一樣，趁著夜色守候在一個廣告牌後面，仔細觀察著對面的道路，他希望今天能發現那個歹徒的影子，因為他每天晚上都要在這一帶蹲點守候，已經持續好多天了。

陰沉、漆黑的夜色籠罩著大地，麥可向上拉拉衣領，眼睛仍然一眨不眨地盯著路對面，就像一個獵手耐心等待獵物出現似的。突然，黑暗中又出現了那個熟悉的身影，他看了看夜光手錶的指標，發現她今天出來的時間要比往常晚了十分鐘。芭芭拉小姐慢慢地走向雜貨店的陰暗處，就要過街了，她在小心地四周張望。

「我必須要阻攔她！否則她很容易成為歹徒襲擊的目標，甚至還會重蹈她妹妹的覆轍。」麥可焦急地想。當他正要斜穿街道去阻攔她的時候，一個意外情況出現了，從雜貨店旁邊巷弄口的黑影裡突然鑽出一個高大的身影，只見他貓著腰，躡手躡腳地溜到芭芭拉小姐的身後，猛然抱住她，一手掐住她的脖子，一手搶扯她的皮包。不出麥可所料，芭芭拉小姐果真遭到搶劫了。

「站住！我是警察！」麥可衝過去並大聲喝道。那個高個子的人猛地把芭芭拉小姐摔在路邊，拎著搶奪的皮包迅速躲進了雜貨店牆後的黑暗中。

麥可趕到芭芭拉小姐身旁，正欲朝著歹徒藏匿的地方追去時，只見芭芭拉小姐掙扎著站起來，一下子抓住他的手臂，順勢倒在了他的身上，這一突然的重量撞得麥可踉蹌了好幾步，使身體失去了平衡，肩膀也重重地磕在了雜貨店的牆角上。

「妳？唉！」麥可十分懊惱。

「你怎麼在這裡？麥可先生，我的確不知道是你呀。」芭芭拉小姐喘息著說。

「那個壞蛋就要逃走了，快放開我！看在老天的份上，快！」他試圖甩開芭芭拉小姐那雙瘦削的，但卻緊拽他衣服不放的手大聲說道。

「千萬別，麥可先生，他身上可能有武器，不要為我冒險。」她依然不鬆手。

「妳這是在幹什麼呀，芭芭拉小姐！」他急得要命，使勁推著她的雙手，想從中掙脫出來。然而，芭芭拉小姐卻突然將身子向後一仰，倒在了地上，並且發出「哎喲」一聲叫喊。

「妳怎麼了？」麥可俯下身來，「有沒有受傷？」他在急促詢問的同時，用眼睛向那條早已空無一人的黑暗巷弄瞥去，當然是遺憾的目光。

倒在地上的芭芭拉小姐臉色蒼白，正用手揉著左小腿。

「對不起，芭芭拉小姐，我不是有意的。」麥可一邊抱歉地說，一邊伸手去攙扶她。

結果芭芭拉小姐輕輕推開他的手，自己站了起來，「不是你的錯，是我自己不小心絆倒了。」她略顯輕鬆地說道。

「哦？」麥可覺得有些不可思議，「那妳有看見那個強盜的臉嗎？有 W 字形的疤痕嗎？」他顯然還沒有忘記剛才逃走的那個殺人凶手，繼續追問道。

「我沒看清楚，但那是個年輕人，臉上也有 W 字形的疤痕，算了吧，這已經足夠了。」她說這話的時候，語氣平緩，目光也怪怪的，那若有所思的眼神，就如同兩道藍色的燭光穿透夜空般地一閃。

麥可帶著心中的遺憾和疑惑回到了警察局。雖然他沖了個澡，讓身體清爽了許多，但心中的不舒服卻絲毫也沒有減少，而且頭也有點痛。

他想靜靜地坐一會，再理一理思路。

突然，門口傳來了聯繫中心警察的喊聲：「麥可警探！」

「什麼事？」

「剛接到電話說，那個專從身後掐人搶劫的歹徒已經抓到了，個子挺高，臉上有疤痕，是個年輕人。」

「什麼？太好啦！」頓時他的頭也不疼了，急切地問道，「在什麼地方？」

「是在沿河街四號的弗利公寓發現了他的屍體。他的女友下班後想到公寓與他幽會，結果發現情人已經趴在地板上死了，當時嚇得他的女友驚叫著跑出來，情況就是這些。」

麥可迅速穿好衣服來到弗利公寓。他在一間狹小甚至有些令人窒息的房間裡，看到一具男人的屍體頭朝下，伏在床邊。

麥可將他的身體翻過來，仔細端詳著那張帶有疤痕的臉，問旁邊的警察：「這是我們要找的那個人嗎？」

那個警察回答說：「應該沒錯，因為他臉上的傷疤太獨特了，我們已經和通緝令上的照片對照過了。」

麥可似乎還在思索著什麼。他走到靠牆角的衣櫥前，打開一看，那裡面堆滿了各式各樣的女用提包，都是死者搶來的。「哪一個是她的呢？」他默默地回憶著，「對了，那天晚上芭芭拉小姐在雜貨店旁遭到歹徒搶劫時，我似乎看到有白光一閃，好像是個小手提袋，對，是深色鑲白邊的。」他開始在那堆包中翻看，果然看到有一個樣式很舊、鑲著白條的藍色女包。

麥可撿起來一看，發現包的拉鍊已經斷了，顯然是芭芭拉小姐和歹徒撕扯時弄壞的。他慢慢打開包，眼前的一個東西突然讓他愣住了，原來在皮包的一角有一塊包著糖紙的糖，他剝開糖紙，裡面包裹的是一塊椰子糖。

在停屍間，麥可大聲喊道：「醫生，我想盡快知道，這位凶手究竟是怎麼死的？你現在就告訴我！」

「你們這幫傢伙怎麼那麼著急？我得根據化驗看結果。好吧，既然你問，那麼我敢說這個冷血殺手一定是服了砒霜，他死於中毒！相信驗屍官也會證明我的結論。」醫生十分肯定地說。

旁邊的一個警察小聲對麥可說：「化驗室的人在那間公寓的地板上找到一張小薄紙，那是老式糖果店用來包糖用的。」

「我對他們的發現並不感到新奇。」顯然他的注意力並不在這裡。

麥可又來到芭芭拉小姐家的門前，按響門鈴沒多長時間，芭芭拉小姐就身披法蘭絨睡袍，腳穿拖鞋從裡面走了出來。

「真不好意思，芭芭拉小姐，又來打擾妳了，可是，我必須要這麼做。」麥可抱歉地說。

「是麥可先生呀，沒關係，快請進。」芭芭拉小姐很客氣地把他領進了客廳，待他坐下之後，她問：「要喝茶嗎？」

「唉！」麥可嘆了一口氣，接著說，「我這次就不喝了，來，妳也坐。」說完，他用目光凝視著她，彷彿要從她臉上看出個究竟。

芭芭拉小姐也在沙發邊上坐下來，她將雙手輕輕地擱在膝蓋上，那樣子顯然在等著麥可發問。

「妳被搶的皮包是暗藍色帶白邊的嗎？」他問道。

「是的。你已經找到它了嗎？」她臉上呈現出似乎早已知曉的神情。

「找到了，是在一個死者的房間裡，這個死者很年輕，臉上還有 W 字形的疤痕。」麥可發現她聽到這話時，嘴邊有一絲不易察覺的微笑。

「芭芭拉小姐，妳在欺騙我！」他大聲吼道。

「不，不是的！尊敬的麥可先生，我沒騙你！」芭芭拉小姐依然平靜地說。

看到芭芭拉小姐這副坦然的樣子，麥可再也忍不住心中的怒火了，他狠狠地踢了一下桌腿，說：「這些天，妳每天晚上都出來散步，實際上妳是在拿自己做誘餌，目的是等候他出來，希望他襲擊妳，是不是？當他真的襲擊妳的時候，妳又是拽我，又是倒下，其實都是故意的，妳就是為了拖延時間，好讓他拿著妳的皮包和裡面的東西逃走……妳的包裡都有什麼？可能有點錢，但是還有摻了砒霜的椰子糖，我說得對不對？」

「麥可先生，你別說得那麼可怕，再說了，我怎麼能弄到砒霜呢？」芭芭拉小姐否認著。

「別扯謊了，我可不是個小孩子，妳有玫瑰花園，到藥房弄到砒霜很容易。妳把砒霜放進椰子糖裡，當時連同皮包都扔給了他，妳知道嗎？他幾乎全都吃了。」麥可憤怒地說，以至於額頭上的青筋都一條條地脹起來。

「什麼？他全都吃了？」她顯出一副吃驚的樣子。

麥可從口袋裡掏出他從死者房間衣櫥的包裡拿來的糖，他一邊假裝小心地剝糖紙，一邊說：「這塊糖是塞在皮包一角的，他沒有吃，那個包是暗藍色帶白邊的，也就是妳的包，那麼妳承不承認糖是妳做的？」

「瞧！你手裡的那塊糖多麼可愛呀，雖然那麼多人都捏過它，但它仍然很可愛，麥可先生，不是嗎？」她緩緩地站起來說。

「哦？」麥可還沒弄明白她這話是什麼意思。

她輕輕移到他的身邊，趁其不備一把抓過那塊糖丟進嘴裡，然後望著他，臉上露出柔和的微笑，「麥可先生，你看我吃的是有毒的糖嗎？」

麥可愕然了。

停頓了片刻，麥可搖搖頭說：「芭芭拉小姐，妳剛才吃的糖是有毒的，不過，一塊糖裡的含毒量是不足以殺死妳的。坦率地說，對於妳的勇氣我已經領教過了，我對妳有勇氣做任何事情絲毫也不懷疑。」

「是嗎？那麼，你會認為我毀滅證據而逮捕我嗎？」她很認真地問道。

「不，我不會那麼做。即使我有足夠的證據認定妳做了一塊有毒的椰子糖，但是妳並沒有請任何人吃，而那個暗藍色帶白邊的皮包，卻是罪犯襲擊妳的確鑿證據。」麥可同樣認真地回答說，「好了，我該走了，芭芭拉小姐。」麥可起身告辭。

「那麼，你還願意來喝茶嗎？」她陪他走到門口時間。

麥可停住腳，反覆打量了她一會說道：「對不起，我想，我永遠也不願意再見到妳了。」說完，他轉身跨出門外。

身後的芭芭拉小姐朝他微笑著點點頭，然後又站在門前，望著他遠去的背影一點點消失在夜色中。

無人之境

道爾丁是一個身材高大的人，他坐在那裡就好像一尊粗糙的石雕。冷冰冰的目光從他的雙眼透出，就像阿拉斯加的凍土，充滿了寒意。任何認識他不超過一個月的人，都很難在他的臉上看出什麼明顯的表情。直到此刻，他冷漠的臉上仍然直白地顯示出不信任。他俯身越過桌面，兩眼盯著我，說：「你剛才說什麼？」

「如果你太太忽然去世，」我一字一頓地重複著說，「你會開心嗎？」

他警惕地向周圍環視了一番，好像要確定是否隔牆有耳。其實，他多慮了。因為這個溫泉鄉村俱樂部的酒吧裡非常冷清，除了我們兩人，只有距離我們很遠的桌子上還有三個上年紀的人在談天。

確認四周無人之後，道爾丁的冰冷目光又移回我身上，壓低了嗓子問：「卡爾，你問這個是什麼意思？」

「我只是作一個假設而已。」

「你的假設與我何干？我不關心。」

「你不關心？」我說，「如果你太太死了，你就可以繼承她的全部財產，而且，你就可以結束與瑞拉的地下戀情，可以名正言順地和她結婚了。」

道爾丁目瞪口呆。

「沒想到吧，你和瑞拉的關係我都知道了，」我說，「她很可愛、性感，不是嗎？相比之下，道爾丁太太就太脆弱古板了。」

他默然無語，盯了我一會之後，猛然端起杯子，喝了大半杯白蘭地——他想掩飾自己激動的情緒。看來我已經掌握了他的命門，我會好好地利用它。

「你知道，像你太太這個年齡的婦女，她又體弱多病，可能有多種因素導致死亡，」我說，「比如意外、心臟病，或者自殺，如此等等，方法可有的是。」

聽我這樣說，道爾丁的呼吸開始變得急促起來。他喘了口氣，問：「你究竟是什麼人，卡爾？你的真實身分是財務專家嗎？四週前的那個晚上，你真的只是偶然碰到我，跟我聊天的？」

「你說得沒錯。」我微微一笑。

「不可能！那你怎麼知道這麼多？你究竟是誰？」他追問道。

我聳聳肩，不以為然地說，「我的另一個身分並不重要，但我能幫人解決各種麻煩。」

「難道你是殺手？」道爾丁說，「職業殺手？」

他的語調中明顯帶著驚駭，但還包含著其他的意味，似乎是對我產生了濃厚的興趣。我知道，他已經被我牽著鼻子走了。

「你所說的那個特別的字眼只不過是一個標籤而已，」我說，「不過，你說得沒錯，那個字眼正好可以用來衡量我的職業。」

「那麼，你怎麼在這裡出現呢？你不可能是溫泉鄉村俱樂部的會員。」

我微微一笑：「雖然我不是會員，但我有朋友是這裡的會員。道爾丁，別把我們這類人看得太神祕，我們的生活也和普通人一樣。」

「那麼，」道爾丁猶豫了一下，「你是不是在向我提供你的專業服務？」

「是的。」

我們對視了一會，然後道爾丁說：「你知道我現在想做什麼嗎？」

「不知道，你想做什麼？」

「把你送到警察局去。」

「這種事情你做不出來，不是嗎？」

「是不會。」他雙眼緊盯著我。

「我想也不會，」我說，「當然，就算你在警察面前指證我，我也不怕，我可以對剛才和你說的話矢口否認，你沒有任何證據。如果警方調查我，他們會驚異地發現，發現我在家鄉還是位遵紀守法的好市民呢。」

現在輪到道爾丁微笑了，但他的眼神依舊顯得冷冰冰——這使他的表情看起來顯得很怪異。「你一定調查過我，卡爾，」他說。

「嗯，是的。」

「那你怎麼查到我名字的？」

「剛才我說過，我在這裡有許多朋友。」

「你的眼線？」

「差不多吧，隨你怎麼稱呼他們。」

他慢條斯理地從衣袋裡掏出一支雪茄，嫻熟地用一把金剪刀剪去雪茄末端，再動作優雅地用一隻黃金外殼的打火機點燃。他深深地吸了一口，吐出煙霧，然後透過煙霧說：「你開價多少？」

「夠爽快！」我說，「一萬塊，先付一半，事成之後再付另一半。」

「讓我考慮一下，」道爾丁說。在短暫的激動過後，他現在又恢復了平日那種鎮定、自信、工於心計的狀態。「我不喜歡草率行事。」

「這事不急。」我說。

「明晚，九點我們再碰面。」

「好，」我說：「如果你做好了決定，明天就帶五千塊現金來，一定要小面額的。順便畫一張你家房子的平面圖給我。」

道爾丁點點頭，站起來說：「好的，明天見。」說完，快步離開了酒吧。

第二天晚上，九點整，還是在老地方，道爾丁如約前來。

「你很守時。」我愉快地說。

「這是我的做人原則。」

「好品德。」

「我還信奉一條，」道爾丁說，「解決問題要具有快刀斬亂麻的魄力。」說完，他從衣袋裡摸出一個厚厚的牛皮紙信封，遞給我。「這是五千塊。」

「好的，」我接過信封，數都沒數就塞進了口袋，問，「平面圖畫了嗎？」

「喏。」他在桌子上攤開一張紙，花了五分鐘向我解釋紙上的內容，然後問，「你什麼時候動手？」

「聽你的。」

「星期四半夜怎麼樣？」道爾丁說，「到時候我讓妻子一個人留在家裡，再想辦法把僕人們都支開。」

「狗呢？」我問。

他揚起眉毛：「這你都知道？」

「當然。」

「我會給牠們拴上鍊子，放心吧，不會影響你『做事』的。」

「好。對了，那天你要關上大門，但要把僕人們進出的那扇門打開。」

「聽你的。」道爾丁思索了一會，說，「卡爾，你打算怎麼做？」

「你真想聽？」

「哈，你只要告訴我個大概就行。」他回答說。

「星期四那天晚上，你的妻子在家裡發生了意外……」我回答說，「你知道嗎，平均每五次家庭意外事件中，就有一次會導致當事人死亡？」

道爾丁冷冷地笑起來：「借你吉言。」

「是嗎？」我舉起酒杯，「我敬你一杯，道爾丁先生，還有瑞拉。」

「瑞拉？」他說，冰冷的眼神彷彿變得柔和起來。

我微笑著，乾了杯中的酒。

星期四那天的晚上，我驅車來到道爾丁家附近，把車停在一個隱蔽的地方。然後步行來到道爾丁家高高的圍牆外。我沿著長滿青苔的圍牆走著，穿過一片月桂樹的矮樹林，直到我找到了一處便於攀爬的地方，停了下來。我戴上一副薄手套，手腳俐落地爬過圍牆，縱身跳進院子裡。

道爾丁家的院子很大，我穿過灌木叢，小心翼翼地向前走。周圍一片寂靜，狗沒有叫 —— 道爾丁已經事先將狗拴住了。

我很快來到他家的房子外面，沒花多少工夫就找到了僕人們進出的那扇門。我輕輕一推，門開了。我急忙溜了進去。關上門，我站在原地側耳傾聽，沒有任何動靜。然後，我拿出袖珍手電筒，按動開關。

道爾丁給我畫的平面圖我早已諳熟於胸，我用左手微微遮住手電簡的光亮，藉助指縫裡透出的微弱的亮光，穿過後面房間，找到有個圓形入口的走廊。

我站在有裝飾扶手的樓梯處，豎起耳朵聽了一會，從樓上臥室裡傳來道爾丁妻子的沉重鼾聲，此外還有一座老爺鐘的鐘擺聲。

「道爾丁太太。」我愉快地想，「祝妳有一個愉快的夢。」然後我迅速閃進了道爾丁先生的書房。

書房不大，可我花了整整十一分鐘才找到他的保險箱 —— 它隱蔽地嵌在牆裡。那是個方形的老式保險箱，帶著密碼轉盤。可這難不倒我，我沒費什麼力氣就把它鼓搗開了。裡面有兩千塊現金，一條鑽石項鍊，兩套耳環，以及不少於一萬五千元的債券。

三分鐘後，保險箱裡的東西已經換了主人。我迅速地沿著原路返回。在返回的路上，我還在想像著道爾丁先生第二天從外面回來發現太太還活著，而保險箱卻已經空空如也的表情。

因為從一開始，我就無比厭惡這個人的冷漠無情。

口袋中的交易

黑貓酒吧像往常一樣，擠滿了前來喝酒的客人。但與平日不同的是，這些客人卻非常安靜，似乎沒有人敢大聲喧鬧。原來，臭名昭彰的麥考辛·羅德也在這裡喝酒，他被關進監獄五年之後，今天剛剛被釋放出獄。

當年，麥考辛·羅德就是在這裡落入法網的，是費爾南德斯警長親手逮捕他的。在監獄裡，羅德每天都在咬牙切齒地發誓，出獄之後一定要找費爾南德斯警長算帳，現在，他終於等到這一天了。

當費爾南德斯警長步入黑貓酒吧時，他也嗅到了這種不尋常的氣息。於是他向吧檯走過去，問個究竟，酒吧老闆愁眉苦臉地向他打招呼說：「羅德來了，他就在那邊喝酒。」

費爾南德斯警長聳聳肩，故作鎮定地說：「他只是個微不足道的人物，敢把我怎麼樣？」

老闆開了一瓶酒，遞給費爾南德斯，說：「還是小心為妙！」

「放心吧，我一直很小心謹慎的，羅德都說過什麼？」

「他倒是沒說和你有關的。」

「除非他實施非法行為，否則，我也不能對他採取行動。」費爾南德斯警長說。

「到那時候，恐怕就來不及了。」老闆憂心忡忡地說。

「這我明白，謝謝你的提醒。」費爾南德斯喝了一口啤酒，往日清冽乾爽的啤酒今天喝在嘴裡，卻感到淡而無味。那與酒並沒有關係，而是與他的心情有關。

麥考辛．羅德的出獄對費爾南德斯來說真是一個壞消息。五年的牢獄生活並沒有改變麥考辛．羅德的凶狠嗜殺的本性，但五年的歲月卻讓費爾南德斯自己改變了。

現在他已經兩鬢斑白，身材肥胖，行動遲緩。因上了歲數而帶來的慢性病如影隨形地跟著他。這位老警長的身手不再靈活，整天疑神疑鬼。他想：「已經五十五歲了，真是老了。」

這時，老闆又湊近他的耳朵對他說道：「看那邊，羅德的弟弟剛剛進來。」

費爾南德斯下意識地把手伸向了腰間，摸了摸他的佩槍。因為他知道，羅德的弟弟和羅德是一路貨色，他們對自己同樣充滿了刻骨的仇恨。

他喝完這杯啤酒，當老闆用詢問的目光看著他時，他擺擺手說：「不能再喝了，我要回家。」

「路上小心！」

費爾南德斯點點頭，離開了吧檯。

往外走的時候，他感覺到酒吧內氣氛的確非常緊張，大有一觸即發之勢。每個客人的目光彷彿都聚焦在他的身上，只有坐在角落上的一張桌邊的羅德兄弟除外——他們旁若無人地自斟自酌。費爾南德斯微微鬆了口氣，向前邁開步伐，出了酒吧大門。

外面一片漆黑，他從沒見過如此黑的夜色，他定了定神向夜色中走去。

走了一會，後面駛來一輛汽車，沒有打開車燈。費爾南德斯回頭看了看，他藉著依稀的星光，彷彿看見駕駛汽車的是一個男人……

會不會是麥考辛·羅德？

他站在原地，準備應付任何可能發生的襲擊。

沒有動靜，汽車從他身邊開了過去，駛遠了。

這時他才感到自己已經大汗淋漓，胃部緊張得一陣陣痙攣。看來躲過了一劫。他不敢耽擱，趕緊走向自己停在附近的汽車，發動汽車，驅車回家。一路上，他都確信沒有人跟蹤。

當他走進家門時，家中溫暖而熟悉的感覺讓他備感輕鬆。

這時，屋裡的電話響了起來。

當他接完電話後，女兒瑪麗亞還在廚房裡忙碌。

他對瑪麗亞說：「我現在要出去。」

「這麼晚？有什麼重要事情嗎？」

「沒有，就是一點小事。」

「你什麼時候回來？」

「別擔心，很快就回來。」他回答說。但是似乎連他自己都不相信自己的話。

他甚至開始懷疑自己還能否回來，因為那個電話使他心驚膽顫。

電話是一位叫桑喬的人打來的。

費爾南德斯認識那人，他以前曾給警方做過「線人」。但是，和這種人打交道是很危險的，弄不好反倒被他們出賣……

費爾南德斯警長如約來到了警察局附近的藍月亮餐廳，桑喬早已經等候多時了。費爾南德斯假裝不認識他，在他左邊的一張桌子邊坐了下來，要了一杯咖啡。

當咖啡端來之後，費爾南德斯一邊喝著咖啡，一邊輕聲問道：「什麼事？」

桑喬警惕地環顧了左右，然後把杯子舉到嘴邊，做了一個掩飾的動作，輕聲說：「聖路易有一個叫昆廷的人，他有樣東西，想請你看看。」

費爾南德斯點點頭，表示明白了。桑喬便放下杯子，溜下凳子，朝門外走去。費爾南德斯坐在座位上一動不動，但他從吧檯後面的鏡子裡看著桑喬的背影消失在門外。費爾南德斯開始猶豫起來 —— 這該不會是羅德設的一個圈套吧？

他急忙追出門去，想再問問桑喬，可是桑喬早已不知去向了。

費爾南德斯一邊咀嚼著桑喬的話，一邊走向他的汽車。他知道聖路易是一個小鎮，位於山裡。可是昆廷又是誰呢？似乎以前沒聽說過這個名字呀。

看來，要想揭開這個祕密，只有去聖路易一探究竟了。年輕的時候，費爾南德斯天不怕地不怕，可現在他上了年紀，反倒變得猶猶豫豫。不過，最後他還是戰勝了心裡的忐忑不安，發動了汽車，朝聖路易駛去。

費爾南德斯在黑暗的山路中連續行駛了四小時，遠遠地，聖路易出現在前方的視野中。聖路易是一個不起眼的小鎮，卻是遠近聞名的毒品交易地。

費爾南德斯小心翼翼地將車停在了鎮中心的廣場。廣場上空無一人。他下車轉了一圈，只見廣場附近的兩家酒吧還亮著燈，裡面傳出一片喧譁的聲音。

他點燃一支菸，穿過廣場，來到一家酒吧前。山間的夜晚非常寒冷，他裹緊了外套，步入酒吧中。

只見一群男人倚著吧檯站著。他們向他瞥了一眼，又繼續喝酒。

「梅斯卡爾酒。」他告訴侍者。

侍者為他倒了一杯酒，揚起眉毛問：「先生，您還需要什麼？」

「你認不認識一個叫昆廷的人？」

「他通常在『綠鸚鵡』出沒。」

「謝謝。」費爾南德斯喝掉杯中的酒，走到酒吧外。

「綠鸚鵡」是另外一間酒吧的名字。費爾南德斯心想：「昆廷在那裡……會不會羅德也在那裡？」

費爾南德斯想打退堂鼓了。他看了看自己的汽車，心想：「現在要返回去還不算晚，家裡還有女兒和外孫女在等待。如果自己繼續冒險前往『綠鸚鵡』，恐怕凶多吉少。」想到這裡，他感到非常沮喪。

他朝汽車走去，可走到半途，又停住腳步。假如他現在回去的話，就意味著被自己心中的恐懼打敗了。不！絕對不能回去！費爾南德斯轉身朝「綠鸚鵡」走去。

四個戴闊邊帽的男人在「綠鸚鵡」玩牌，從衣著上不難看出，他們是一群粗鄙的鄉下人。

「先生，來點什麼？」一位侍者招呼他。

再喝一杯梅斯卡爾酒？對！再來一杯，這無傷大雅。

「梅斯卡爾。」他說。

這時，坐在酒吧角落的一位老人站了起來，他朝吧檯的方向走來。費爾南德斯只聽見一陣尖銳的嗒嗒聲響起 —— 那是盲人拐杖碰擊地板的聲音。

一隻顫抖的手摸到吧檯上。

「歡迎來到聖路易，先生。」老人顫顫巍巍地說。

「謝謝。」費爾南德斯說。

侍者連忙向費爾南德斯解釋說：「他從你的腳步聲判斷出，你是一位從外地來的客人。」

那位年邁的盲人微笑著說：「對我來說，世界永遠是黑夜。聖路易這裡是個小鎮，我關心所有到這裡來的客人。」

費爾南德斯請侍者也給盲人倒了一杯。

盲人一飲而盡，然後壓低聲音說：「除了你以外，今晚鎮上還有一個陌生人。」

費爾南德斯急忙問：「他是不是自稱昆廷？」

「是的，他說他叫昆廷。」

「我來聖路易就是為了見他。」

「我看你還是不見為好，先生，他或許是個騙子，也可能是警察，誰也說不準。」

「不入虎穴，焉得虎子。」

「那麼你帶武器了嗎，先生？」

「放心吧，我會注意安全的。」

「那再好不過了，但是小心。」盲人說，「在聖路易這個地方，充滿了爾虞我詐、見利忘義，所以，不要輕易地信任別人。某個人賣東西給你，然後他會報警，你在下山途中會被逮捕。」

「我願意冒冒險。」費爾南德斯警長說。

「祝你好運，先生。」說完，盲人微笑著轉身離去，他的拐杖敲擊地面的聲音越來越遠，最後消失在大門外。

就在費爾南德斯愣神之際，一個玩牌的人從桌邊站起，醉醺醺地走過來。他踉踉蹌蹌，突然一頭撞進費爾南德斯懷中。未等警長說話，他抬起闊邊帽的帽簷以示歉意——令警長驚訝的是，醉漢的眼睛居然明亮而清醒。

「你在等人嗎？」那個男人問。

費爾南德斯緊張地點點頭。

「隨我到外面來，自會有人與你聯繫。」

他隨著那個男人走出酒吧，在廣場的長椅上不知何時躺了一個人。酒吧裡的那個男人吹了一聲口哨，那人立即站了起來，向費爾南德斯點點頭。

「跟我來，先生。」長椅上的那人說道。

費爾南德斯跟著他。他們從一條迂迴曲折的路繞到鎮邊，最後來到了一幢草屋頂的粗糙房屋面前。

費爾南德斯仔細看著那幢房屋，不知什麼時候，帶路人離開了，消失在黑暗中。現在四周萬籟俱寂，房屋裡也沒有一絲光亮。

他心裡開始忐忑不安起來 —— 如果此時趕緊返回停在廣場上的汽車裡，仍有機會逃到安全的地方 —— 可是，他永遠不會這樣做。

費爾南德斯推門進去，只見屋裡有一張粗陋的桌子，幾把舊椅子。桌子的一邊坐著一個男人，正在抽菸 —— 想必他就是昆廷了。昆廷衝著費爾南德斯點點頭，同時他注意到警長額頭上滲出細密的汗珠，就說：「你一定趕了很長的路。」

「的確很長。」費爾南德斯回答說。這時，他注意到桌子上有一個帆布袋。他不禁皺起眉頭，心中充滿了疑惑。

「我想和你談筆交易，先生。」昆廷說。

「是這口袋裡的？」

「難道還會有別的嗎？」

費爾南德斯眉頭一皺。

昆廷微笑著說：「也許你想要別的，不過我告訴你，這袋子裡是大麻。如果你對此不感興趣的話……」

「我有興趣。」

「太好了！不過，我想你一定希望親自鑑定一下，對吧？」昆廷漫不經心地將帆布袋推到警長面前。

但是，警惕的費爾南德斯警長沒有貿然打開袋子。他問昆廷：「你知道我是誰嗎？誰讓你在這裡等我？麥考辛·羅德？」

昆廷沉默不語。

「麥考辛·羅德在哪裡？」

「麥考辛·羅德是誰？」

「你真的不認識他？那這布袋裡裝的是什麼？」

「我發誓，我不知道。」

「那把繩子解開，展示給我看。」

「不！我不能這樣做。」

「你真的不認識麥考辛·羅德？」

「的確不認識。」昆廷說著，卻向自己腰間摸去。

費爾南德斯見形勢危急，決定先發制人，拔槍便射。兩發子彈準確地擊中了昆廷的胸部，他渾身是血，倒在地上。

這時，只聽外面響起了一陣腳步聲。費爾南德斯急忙將手槍對準門口——衝進屋裡的是拿槍的麥考辛·羅德。費爾南德斯警長又扣動了扳機，終於一切都平靜下來了……

費爾南德斯擦了擦額頭上的冷汗，平復了一下情緒。他走到兩具屍首旁邊，用腳碰碰他們，確認他們都已經死了，然後轉向桌子和帆布袋。

裡面是什麼呢？他小心地解開帶子，然後迅速地向後退，看看會發生什麼。

沒有動靜。

空袋子嗎？

不，裡面似乎有東西在蠕動。他屏住氣，想看看麥考辛．羅德準備了什麼來對付他？

帆布袋在動，一條劇毒蛇從袋子裡探出頭來，昂著頭向警長吐出紅紅的芯子。費爾南德斯警長全身為之一震。

倒數計時

正如天氣預報所報的那樣，今天陽光燦爛，萬里無雲。

成千上萬的人驅車來到這個沙漠小城。無數的人站在高高的鐵絲網外，滿懷期待的目光向著鐵絲網裡面張望。這裡是一個太空船發射場，過不了多久，這裡就要發射一艘太空船，將一個人送往火星 —— 這是國際宇宙年最精彩的部分。每個人都耐心等著奇蹟的上演。

在圍觀的人群中，左邊是一個個賣小吃的攤位，右邊則是許多賣紀念品的小攤，其間還有許多小販和遊商走來走去，向遊客們兜售紀念品、氣球和草帽。在鐵絲網邊，提前幾天到達這裡的遊客已經搭起了一頂頂帳篷，他們選擇了最佳的位置，準備觀看這一千載難逢的奇觀。

在擁擠的人群中，身穿制服的州警察正在緊張地巡邏。他們的任務主要是維持秩序，確保交通順暢。遊客們也都非常有秩序，他們靜靜地等待著那一激動人心的時刻。高高的鐵絲網圍著的發射場內，也是一片平靜的氣氛，前來觀看發射的媒體記者和社會名流都坐在指定的位置。在指揮大廳的中央，是一個巨大的木頭平臺，上面架著一臺電視和電影攝影機。在平臺的一側長凳上，十幾位從歐洲和美國遠道而來的報刊撰稿人坐在那裡；在平臺的另一側，二百多位來賓正在就座 —— 他們大部分是科學家和政治家。在控制臺不遠處，有一個涼亭。那裡就坐的是最重要的客人，其中包括三位國家元首、十幾位部長和幾位皇室成員。所有的人都坐在各自的座位上，他們靜靜地看著那些科學家和技術人員正在做發射前最後的準備工作。

這時，高高聳立在發射場的大喇叭傳出了聲音：「還有一個小時！」

在鐵絲網兩側嘈雜的人群立刻安靜下來，人們幾乎不約而同地將頭都轉向發射架上的巨大火箭。正午的陽光照射下來，巍然聳立的火箭給人一種微微抖動的錯覺，似乎它已經點火發射了，正要衝天而起。

所有的人都在期待著，唯獨有一個人內心彷彿懸著一塊大石，他就是法庫爾 —— 負責發射場安全的官員。他此刻正靠在牆上，腦海中想像著無數可能發生的意外。法庫爾是一個經驗老到的官員，以前他也多次擔任過類似的工作，但從未像現在這樣緊張。這一方面是因為此次發射事關重大；另一方面，這次發射是一次跨國聯合行動，單單現場就有來自十幾個國家的科學家，他們國籍不同，語言各異，很容易出差錯。另外，如果這裡潛入了搞破壞的人，後果將不堪設想。而這，恰恰是法庫爾最最擔心的。

此刻，法庫爾皺著眉頭，試圖將心中的焦慮驅散。自從接手發射場的保安工作以來，他已經採取了各種措施，嚴防破壞活動。發射場的所有工作人員，上到發射總指揮，下到發射場餐廳的侍者，都在嚴密的調查與監視之下。法庫爾有他們每個人的檔案，厚厚的一大沓，每個人的身分、背景、經歷，乃至各種隱祕的細節，盡在他的掌握之中。這些檔案裡絲毫沒有發現任何問題。想到這裡，法庫爾的心情逐漸開朗了。不管怎樣，他已經盡了最大努力，可以說是問心無愧了。

「看，先生，」站在一邊的法庫爾的吉普車司機笑呵呵地說，「那些女人已經開始掉眼淚了！」法庫爾抬起頭來，看見他的司機正用對講機的天線指著北邊二十碼外的地方 —— 在那裡坐的是工作人員的親人和家屬，主要是科學家和技術人員們的妻子、孩子們，還有一些不值班的工作人員。

法庫爾朝司機所指的方向望去，的確，親屬席上有幾個女人正在偷偷地用手帕擦眼角。法庫爾臉上浮現出理解和寬容的神色，隨即笑了。是啊，神經已經連續繃緊了好幾個月，現在終於要結束了，為什麼不痛哭一場發洩發洩呢？如果男人也能哭的話，那麼法庫爾恨不得也當場大哭一通！

這時，他特別注意到家屬席中的一位女人。法庫爾之所以注意到她，部分原因是她的美貌；另一部分原因是，她自始至終一直站著。陽光很強烈，法庫爾為了看得更清楚，瞇起了眼睛。他清楚地看到，那個女人一點都沒哭。

法庫爾感到有些詫異。那個女人正像一尊雕像一樣，一動不動地站著。她的雙手握成拳頭，放在身體兩側，目不轉睛地盯著矗立在遠處的火箭。

「對了，她是物理學家韋特比的妻子。」法庫爾心中暗想。看著那個女人的專注神態，你會以為跟隨火箭一起升空的是韋特比本人，而不是蘭達佐。想到這裡，法庫爾不禁聳聳肩。

在巨大的壓力下，人們多少都會有一些身體不適的反應。但蘭達佐卻不然。此刻，蘭達佐坐在總控制室，正平靜地就著一杯牛奶，大吃雞肉三明治，似乎周圍即將發生的一切與他毫無關係。偶爾，他也會很開心地瞥一眼那些科學家，他們正穿梭於指揮大廳，忙於核對圖表、打電話、檢查牆上一排排精密的儀器。

要是這種漫不經心的態度發生在別人身上，人們一定會以為他是陷入了絕望，才會這樣虛張聲勢；要麼就是吸食了毒品。可是，坐在總控制室的蘭達佐既沒有絕望，更沒有吸食毒品。在他英俊的臉上浮現出平和的微笑；他那有力而修長的雙手拿著三明治和牛奶，絲毫沒有顫抖；他肌肉結實的大腿在桌子下優雅而隨意地交疊在一起。所有的身體語言似乎都在告訴你，他只是去一趟紐約，而不是飛向火星。

此時，在蘭達佐的身邊還坐著兩個人。他們是兩位著名的醫生，正密切關注著蘭達佐的一舉一動。如果他的身體狀況稍有不妥，他們就會認真地記錄下來。在旁邊，還站著一位著名的心理學家，也準備隨時記下蘭達佐的情緒變化。可是，蘭達佐一切正常，他們三個根本就沒有什麼可記的。結果，反倒是這三位專家頗顯得很不自在。

沒錯，蘭達佐就是這次飛行的主角。他是從五十名志工中精挑細選出來的。蘭達佐有著過人的智力，短短兩個月的培訓，他就掌握了如何操縱太空船中的複雜裝置；蘭達佐有著強健的體魄，儘管選拔測試中艱苦的體力考驗淘汰了許多候選人，但蘭達佐卻從中脫穎而出。他的數據顯示，他曾經參加過奧運，甚至還為他的那個小國家贏得了四枚金牌。鮮為人知的是，蘭達佐的業餘愛好還包括獨自一人徒手獵熊、收藏名貴的蘭花和用拉丁文寫劇本。此外，蘭達佐是一個風流倜儻的人。由於發射在即，近幾個星期他一直過著幾乎與外界隔絕的生活，但他一有機會，還是到處與人偷情。

「還有五十分鐘！」喇叭宣布道。現場的人更加緊張了，唯獨太空人蘭達佐仍舊泰然自若。

當總指揮從他身邊走過時，蘭達佐淡淡地一笑，用德語開玩笑地說：「別忘了在太空船上放足夠的牛排，嗯？」

總指揮只是笑了笑，不置可否地從他身邊走過。由於航行的時間長達三個月，不要說牛排，就是日常的食品都是特製的。這種太空食品好像藥丸一樣，是一種濃縮物。即便這樣，總指揮還覺得食品占據了太多的空間，以至於保護性的密封和降溫系統的空間過於緊張。

但是，總指揮現在沒空擔心這個，他心裡正在思索著另一件事。根據飛船的溫度調節系統顯示，它的自動控制系統似乎不太靈敏。近幾個月來，雖然科學家們想盡了辦法，卻仍然沒能很好地解決這一問題。當然，蘭達佐可以透過手動控制系統進行調節，但是……

想到這裡，總指揮命令他的通訊官說：「給我接通發射臺的韋特比！」

在等待接通的過程中，總指揮的眼睛正凝望著窗外的觀光客和發射架上的火箭。

「還有四十五分鐘！」

總指揮一邊用手帕擦著額頭上的汗，一邊心想：整個火箭系統太複雜了，無數部件密切相關，一不留神就會犯致命的錯誤……

「我是韋特比。」一個聲音從電話中傳來。

總指揮嚴厲地問道：「溫度調節系統怎麼樣？」

「好像現在很正常。」韋特比回答說。

「好像？」總指揮吼道，「你想過沒有，如果……」

總指揮沒有往下說，他把嘴邊的半句話嚥了回去。但韋

特比教授心知肚明 —— 火箭的自動溫度調節系統不太靈敏，在火箭升空以後，假如手動系統也失靈了，那麼蘭達佐要麼被烤焦，要麼被凍僵。

「韋特比，別隱瞞，哪怕有一點點不正常，你都要現在說出來！」總指揮說。

「據我判斷，溫度調節系統沒有問題。」韋特比平靜地說。

「那我就放心了。」總指揮說，「所有的日用品都進艙了嗎？」

「除了食品以外都裝好了，哦，等等……安德斯博士帶著食品來了。兩分鐘之內，保證把所有的都裝好！」

「很好。」總指揮說完，把話筒遞給通訊官。

他若有所思地回過身來，看著整個總控制室。「真是千頭萬緒啊，一著不慎，就有可能滿盤皆輸。」他想。當他的眼睛落到蘭達佐身上時，他又立刻充滿了信心。在這個龐大的行動中，至少太空人這方面是毫無問題的。難怪新聞媒體把蘭達佐稱為「完美的人」。

與此同時，在發射臺，韋特比教授正在一邊核查，一邊用鉛筆在核查單上打勾。

「你遲到了，安德斯。」他略帶責備地對安德斯博士說。

安德斯博士個頭很高，但卻滿臉的憔悴。這位化學博士正和兩個技術工人一起，把幾個長鐵箱推進電梯。

「只晚了十八秒。」安德斯博士用平靜的語氣說。

然後，他皺著眉頭，看著那些鐵箱沉思。半晌，他的臉上露出了滿意的神情，拍拍離他最近的那個，對電梯工說：「好了，把它們運上去吧。」

接著，他轉身對韋特比說：「我想所有的物料都已經裝好了吧？」其實他也只是隨便問問，他們二人對這一套流程早已諳熟於心。

韋特比又認真地檢視了一遍核查單，然後他抬起頭。「當然。」他說。他的眼睛因連日來的熬夜而出現了一圈黑暈。「萬事俱備了。」他補充說，「我們走吧。」

兩個人快步走出發射臺，鑽進在外面等候的吉普車，隨後回頭向發射臺上留守的那些技術人員揮手示意 —— 那些人要一直堅守到發射前十分鐘才能離開。然後，韋特比和安德斯就乘車越過炎熱的沙漠，駛向發射中心的大樓和觀看的人群。

「那位完美的人一切都還好嗎？」安德斯博士問。

韋特比瞥了他一眼。「還行！」他的臉上浮現出厭惡的表情，「那個傢伙在肉體上也許堪稱完美，智力方面應該也不差，但就是……」他欲言又止。

安德斯博士徵詢地揚起眉毛，但韋特比沒有再開口。

「還有三十分鐘！」喇叭的聲音在發射中心上空迴盪。

在總控制室，吃飽喝足的蘭達佐打了個哈欠，伸了個懶腰。這時，兩位諾貝爾獎得主拿著他們設計的太空衣向蘭達佐走來，對他說：「先生，該穿晚禮服了。」

「先生們，把錯誤改過來了嗎？」他眨眨眼問。

兩位科學家朝他笑笑，站在一邊的心理學家卻好奇地問：「什麼錯誤？」

蘭達佐裝出一副驚訝的樣子：「啊，你難道不知道？他們沒給我留出足夠的空間。」

「沒留出足夠的空間？」心理學家感到非常疑惑。

「是啊，沒有留出可以放進另一個女太空人的空間。」蘭達佐用帶著口音的英語說，「三個月的航程，這可不短啊，對不對？」

兩位科學家哈哈大笑起來。但心理學家卻一本正經地記下了蘭達佐的話，還評論說：「我想這一路上你一定會很想念女人的。」蘭達佐也用認真的語氣回答說：「你說得對，先生，另外，實不相瞞，女人也會很想念我的。」

「還有二十分鐘！」

此時，發射場保安官員法庫爾正走在指揮大樓的走廊上。突然響起的喇叭聲讓他嚇了一跳。他依然步伐穩健地向前走著，但他的心裡卻隱隱地為兩件事擔憂著。這兩件事也許存在什麼內在連繫，也可能沒有 —— 即便它們有連繫，也可能是毫無意義的。

法庫爾主要擔憂的有兩件事：

第一件事 —— 當韋特比教授向總指揮作了最後的報告，離開總控制室時臉上呈現的表情。當時法庫爾恰好偶然瞥見，那是一種多麼奇怪的表情啊！臉部肌肉扭曲著，彷彿心中壓抑著某種特別的情感。若是在一般情況下，法庫爾可能認為，韋特比的表情只是對能否發射成功的一種焦慮，不值得放在心上。但是，當把這件事和另一件事連繫起來，恐怕就沒那麼簡單了。

第二件事 —— 站在家屬席上的那個漂亮的女人，她站在那裡像座雕像一樣，臉上寫滿了緊張和憂慮，她注視著遠處的火箭，目光中充滿了絕望。她不是別人，正是韋特比的妻子。

正是因為聯想起這兩件事，法庫爾才感到心中無比憂慮。此時，他心中一動，又想起了第三件事。這所謂的第三件事，或者更確切地說，是一個謠傳。據傳言，就在火箭準備發射的這幾個星期裡，蘭達佐的風流本性絲毫未收斂，繼續鬧出了一些風流韻事。法庫爾覺得有些難以理解，因為蘭達佐的一舉一動都在他們的監控之下，他怎麼能有機會呢？他正在思索自己是否有必要去向總指揮彙報此事。

就在法庫爾左思右想之時，外面一陣喧鬧聲打斷了他的思考。他心裡一個激靈，急忙向窗外看去，發射場周圍的人們都在興奮地叫喊著。他急忙看了一下手錶，對！蘭達佐登入太空船的時刻到了，他應該已經離開總控制室，正鑽進吉普車，前往發射臺了。

法庫爾覺得不知道怎麼辦才好。他感到非常不安，希望立即向總指揮彙報;可他轉念又一想，在火箭即將發射之際，僅僅因為一位丈夫和一位妻子的異常表情，就去找總指揮，那簡直是不可思議的！此前，法庫爾已經在數據室查過韋特比夫婦的檔案，沒有任何疑點。在檔案中有「最好的朋友」一欄，韋特比夫婦填寫的是「奧爾加．安德斯夫婦」，法庫爾已經把他們的名字抄了下來。他決定先去找找他們，從他們那裡獲得更多的消息。

於是法庫爾趕緊前往工作人員坐席去尋找，可既沒有找到安德斯博士，也沒有找到安德斯太太。

現在，法庫爾來到走廊的盡頭。在那裡有一扇虛掩的門，上面寫著「營養實驗室」。法庫爾推門走進實驗室，只見實驗室裡放著巨大的汙水槽、桌子和櫥櫃，卻沒有一個人。法庫爾不死心，仍然大聲地喊著安德斯博士的名字。

「誰啊？」

在營養實驗室另一頭的冷凍室的門開了，安德斯博士一邊擦著手，一邊走了出來。「法庫爾，是你啊，你找我？」他輕輕地帶上冷凍室的門。

看到法庫爾的目光中充滿疑問；他解釋說：「哦，我正在這裡做清理工作，如果不及時進行清理的話……」

法庫爾不耐煩地打斷了他：「安德斯博士，我想問你一個私人問題。希望你能如實地回答我，我向你保證，我這麼問是有理由的。」

安德斯博士聳聳肩，做了個不置可否的動作。

就在這時，巨大的喇叭聲從屋外傳了進來：「還有十分鐘！」

法庫爾這才發現，自己的衣服不知什麼時候都被汗水浸溼了。

只有十分鐘了！法庫爾明白，此刻蘭達佐應該已經進入太空船的船艙，艙門正要關閉。發射臺的工作人員正坐進吉普車，準備撤離到安全區域。再有幾分鐘，自動控制系統就要啟動了。因此，法庫爾必須長話短說，將自己所有的疑問說出來。

「那我就開門見山地說吧，」法庫爾說，「你和你的妻子是韋特比夫婦的至交好友，現在我想請你坦率地告訴我，韋特比太太和蘭達佐之間是不是……關係非比尋常？」

安德斯博士被這個問題問愣了，他摸著消瘦的下巴，沉思了一會，然後背著手，走到視窗前，緩緩地說：「你說得沒錯。」

法庫爾立即拿起電話。

「另一個問題，」他邊撥號碼邊問，「這件事韋特比知道嗎？」

「他應該知道，我確信。」

法庫爾罵了一句，抓過話筒吼道：「我是法庫爾，馬上把韋特比教授帶到我這裡來，對！是在營養實驗室，要快。」

說完，他把電話一扔，掏出手帕使勁地擦著額頭上的汗珠。安德斯博士則好奇地看著他。

「可是……我很困惑，」法庫爾聲音沙啞地說，「這幾個星期以來，我們一直都在嚴密監視著蘭達佐，他幾乎每分鐘都在我們的視野之內，他怎麼會……」

安德斯博士笑笑說：「法庫爾先生，難道你還不明白嗎？他是個『完美的人』，如果他想做點什麼的話，他有各式各樣的辦法躲開你們的監視。」

安德斯博士接著說：「而且，他也把這當做一種樂趣，你能理解嗎？他就是要在保安人員的眼皮底下勾引另一個人的妻子。要知道，他擅長徒手獵熊，可勾引別人的妻子對他來說更加刺激！」

「不，這不可能！」法庫爾喃喃地說。但他的聲音被一聲巨大的喇叭聲淹沒了：「還有五分鐘！」

此刻，火箭的自動控制系統已經啟動了。

法庫爾明白，無數臺電腦正在開始執行，每秒鐘都有數以百萬計的命令被發出。不過，法庫爾也清楚，即便如此，發射活動也可以停下。因為，在總控制室，總指揮正目不轉睛地盯著眼前的螢幕，而他的手，則放在一個寫著「停止」的按鈕邊。

火箭發射並非不能中止，但按下那個按鈕的代價將是極為巨大的。因為，那些精密尖端的儀器正在運轉，如果突然強行把它們停下來，將近有一半的裝置會被燒毀。這樣一來，將會造成幾百萬元的損失，更麻煩的是，發射計畫將推遲好幾個月，這是任何人都無法接受的。

法庫爾想到這裡，他握緊了拳頭，強迫自己按捺住心中的憤怒——不，不能因為自己的一個猜疑而毀了所有的一切。他的頭腦漸漸從憤怒中清醒過來了，他慢慢地意識到安德斯博士在說話。

「再忠實的妻子，受到強烈的引誘，也會出軌，這你難道不相信嗎？」安德斯博士問道，他表現出諷刺的神態，連嘴唇都扭曲了。「你太天真了，法庫爾！你認為蘭達佐是普通人嗎？不，他是個『完美的人』！而且，他要完成人類的一個壯舉，成為飛上火星的英雄！」安德斯雙手抱胸，頭向一側歪著，「你覺得什麼女人能擋住這樣一個男人的魅力？這個男人祕密地來與她約會，這個男人必將寫入史冊……」

話未說完，實驗室的門猛地被推開了。兩位保安人員帶著韋特比走了進來，他的一頭金髮也弄得亂蓬蓬的。

見韋特比進來，法庫爾激動地站起身。他把剛才的問題又向韋特比問了一次。韋特比的臉倏地紅了，然後又變得蒼白。他偷眼瞥了安德斯一下，神色非常尷尬。但安德斯沒有和他對視，而是將目光轉向窗外。

「究竟是不是！」法庫爾渾身顫抖，激動地吼道。

韋特比知道再也無法隱瞞了，他絕望地攤開雙手：「是，這是真的……昨天晚上她親口向我承認了……但我不知道這跟你有什麼關係……」

法庫爾雙手抓住他的衣領，猛烈地搖晃著他的身子：「告訴我，韋特比，你做了什麼？」—— 他緊張得連話也說不連貫了。

未等韋特比回答，安德斯在一旁插話說：「破壞火箭？」

「你說我破壞火箭發射？」韋特比猛地向後倒退，掙脫了法庫爾抓住他衣領的雙手。由於用力過猛，他差點失去了平衡，後背猛地撞在了身後的一個鐵皮櫃子上。他無力地倚在櫃子上，大口大口地喘著粗氣。

「是你嗎？是你在破壞火箭嗎？」法庫爾聲嘶力竭地對他喊叫。

韋特比索性閉上了眼睛，有氣無力地揮揮手，低聲嘟噥著：「你發瘋了嗎？你認為我會幹這種事？」說著，他慢慢地挺直了腰板，但身體還是靠在櫃子上。他苦澀地笑了起來，說：「你懷疑我？不……不……你不懂！我知道他的壞名聲……而且，我也懷疑過他……但我是懷疑他跟別的女人，跟別人的妻子！」說罷，他停下來，深深地喘了口氣，說：「我可從未想過他和我的妻子！」

呆立在一旁安德斯博士也趕緊過來向法庫爾好言相勸：「喂，他沒有騙你。他直接負責的只是溫度調節系統，另外……」還未等他說完，屋外突然響起了巨大的喇叭聲，頓時，他的聲音就被徹底淹沒了。

原來，最後一分鐘的倒計時開始了。

「五十九，五十八，五十七……」巨大的聲音在空曠的沙漠上空迴響。

為了蓋過喇叭的聲音，讓法庫爾聽見自己的聲音，安德斯博士不得不大聲叫喊：「有自動監視系統，法庫爾！如果溫度調節系統出了什麼意外，總指揮那邊會知道的！」

「……五十，四十九，四十八……」倒計時的聲音像重磅炸彈一樣敲擊在每個人的心裡。

「那個監視系統的數據可以證明韋特比是清白的！」安德斯博士喊道，「打電話讓總指揮檢查一下監視系統！」

法庫爾彷彿大夢初醒一般，一把抓起電話，用顫抖的手指撥號碼。安德斯博士則突然轉過頭，平靜地凝視著窗外晴朗的天空。

「……三十一，三十，二十九……」時間在一秒一秒地流逝。

法庫爾用一隻手捂著耳朵，另一隻手拿著電話聽筒。他大聲地咒罵著巨大的喇叭聲。如果韋特比在撒謊……如果安德斯也在撒謊，那麼……他們也許串通好了……比如，安德斯博士有同樣的動機……

「……十九，十八……」，終於，電話接通了。但通訊官拒絕將電話接過去，因為他不敢在關鍵時刻打擾總指揮。

法庫爾在電話這邊請求他、命令他、威脅他，說盡了所有的好話和惡語……

「十……九……」—— 時間不等人。

終於，聽筒中傳來了總指揮嚴厲的聲音。

法庫爾彷彿撈到了救命稻草一般，大喊道：「溫度調節系統是在監視之下嗎？」

「當然！」

「它運轉正常嗎？」

「……五，四……」

總指揮吼道：「當然！」

聽到這兩個字，法庫爾彷彿如釋重負。話筒從他的手裡滑落了下來，好像那是一個千斤重物，他再也拿不住了一樣。話筒咚的一聲落在桌子上。就在這時，遠處隱隱地傳來一陣巨大的轟鳴聲，大地彷彿都在震動，連法庫爾他們身處的這幢大樓都在跟著顫抖。一陣雷鳴般的吶喊聲從外面的人群中傳來，而且似乎越來越響。

「發射了！發射了！」

一直站在房間裡的兩個保全人員也按捺不住激動的心情，一齊衝到窗邊，看著遠處巨大的火箭正噴著火焰，緩緩升起。

但是，其他三個人仍站在原地，好像被釘子釘在了地上一樣 —— 法庫爾在桌子邊，安德斯站在他身後五英呎遠的地方，韋特比仍然靠在鐵皮櫃子邊上。

「你瞧！」安德斯博士打破了沉默，慢慢地說，「一切正常。」

法庫爾也鬆了一口氣。

唯獨韋特比的身體依然緊張而痛苦地靠著櫃子。「我曾經想過那麼做，法庫爾，」他低聲說，「說老實話，我真動過那個念頭，但是我不能那麼做……無論怎樣，我都不能那麼做。」

說完這句話，他的精神彷彿一下子鬆懈下來了。他的身體沿著櫃子向下滑去，越來越快，最後向前跌倒。被他身體緊靠著的櫃子門也被帶了開來。

隨著櫃子門的打開，無數的小藥丸嘩的一聲，從櫃子裡滾了出來。小藥丸如冰雹一般打在了韋特比的頭頂和肩膀上，又滾到地上，撒了一地。白色的小藥丸滾滿了屋子的地面，而且，還有更多的在從櫥櫃裡傾斜而出。

法庫爾非常好奇，他彎下腰撿起了一粒藥丸。藥丸捏上去軟軟的，有一股酵母的味道。

他詫異地瞥了韋特比一眼。

韋特比卻不知為何，臉色倏地變得慘白無比。他瞪著大大的眼睛，看著法庫爾身後的安德斯博士。

「我的老天！安德斯！」他叫了一聲。

法庫爾轉過身，準備問問安德斯博士，這究竟是怎麼一回事。這時，外面的廣場上傳來人群的歡呼聲和興奮的喇叭聲：「第一階段成功，第一階段成功……」

法庫爾又轉回頭來，看著手裡白色藥丸，又看看安德斯博士。

安德斯博士那張消瘦的臉上浮起了一種怪異的笑容，他沉默不語。

「這些東西……」法庫爾指著滿地亂滾的藥丸，對安德斯說，「這些本應該裝在太空船上吧？是不是？」

安德斯博士雙手交叉放在胸前，他的腦袋用令人難以覺察的動作點了一下。

「你的意思是……你裝進飛船的是空食品箱？你想讓他在太空中活活餓死？」

「啊，不，」安德斯博士說，「他也許有東西吃。」

法庫爾狠狠地凝視著他：「如果食品箱是空的……」

「不，食品箱不是空的，」韋特比打斷了法庫爾的話，「我親手稱過重量！它們是裝滿的！」

法庫爾的臉色更加陰鬱了，他用手抹了一把臉，甩了甩頭，好像甩去某個可怕的念頭。

「裝滿的？裝……裝的是什麼？」

但是，安德斯博士沒有正面回答他的問話，而是冷靜地重複他剛才說過的那句話：「他也許有東西吃。」

韋特比好像明白了些什麼，他踉踉蹌蹌地向前走了幾步，直到身子撞上了一個櫃子這才停下。他開口說話時，聲音嘶啞，但他說出的話，卻像煙一樣似乎要在空氣中凝結成形。

「奧爾加在哪裡，安德斯？她在哪裡？你妻子奧爾加在哪裡？」

安德斯博士沒有回答，但他的眼睛卻直直地望著窗外的藍天。

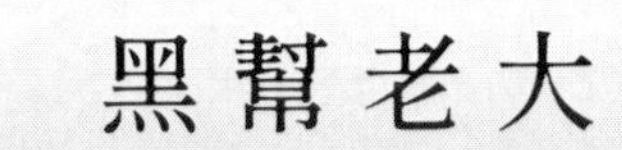
黑幫老大

哈迪在用刀刺向那個老頭的一瞬間，根本沒有多想。然而，當看到那個老頭倒在血泊中之後，哈迪開始感到一陣陣恐懼。

哈迪是一個海員，可他已經有三個月沒有出海了，他急需錢。不僅他自己急需用錢，等候在小旅館裡的曼娜更需要錢。於是他懷揣著一把尖刀，趁著夜色走出旅館，打算弄點錢。

哈迪是在海員俱樂部的巷弄遇到那個老頭的。他一看到那個老頭，就尾隨了過去。那個老頭看起來年紀非常大，他穿著一身昂貴的衣服，一看就是那種既沒有抵抗力，又有油水可撈的人。

哈迪從後面接近他，一隻手臂扼住他的脖子，另一隻手則抽出尖刀。其實，哈迪本來是想嚇唬他一下，讓他乖乖地交出錢財。誰知那個老頭拚命反抗，哈迪一股熱血湧上腦袋，便將手中的尖刀捅了過去……

這裡是碼頭區，夜已經深了，殺了人的哈迪無處可去，再加上他身無分文，只好逃回他和曼娜租住的小旅館。曼娜是一個妓女。三個月前，哈迪剛剛出海回來，身上著實有些錢，便認識了曼娜並和她住在了一起。現在，錢花完了，新工作又找不到，但是，曼娜還是和他住在一起，也許她已經愛上他了。

他一進門，曼娜就問：「怎麼樣？弄到錢了嗎？」她沒有睡覺，一直坐在窗戶邊，一根接一根地抽著菸，同時望著街頭不斷閃爍的霓虹燈。

「沒有，」哈迪說著擦了擦額頭的汗，「更糟糕的是，我殺人了。」曼娜慢慢地站起來。霓虹燈光透過窗簾射進來，看得出，她的臉色一片慘白。

「告訴我，究竟怎麼了？」

哈迪將事情的原委一五一十地告訴了曼娜，沒有絲毫隱瞞，曼娜靜靜地聽著。哈迪說完後，曼娜便轉過臉，沒有像他想像的那樣安慰他。

「我必須出去避避風頭，」他說，「我必須出海，直到這件事過去為止。警方會把沒有工作的海員列為重點嫌疑對象，而且，倒楣的是，我把那把刀留在了現場，他們一定會順著那把刀追查下去。」

「你出不去，」曼娜冷靜地說，「這幾個月來，你一直在找機會出海，可你始終沒找到。」

「誰可以幫助我？這是妳的家鄉，曼娜，妳知不知道有誰可以幫幫我？」

她想了一會，然後說：「這一帶的黑幫老大是馬克。但是，你沒法見到馬克，他只向船長們來往，你這樣的無名小卒他根本不屑於一見。」

「妳認識他？」

她沉思地說：「我也只見過他一次，我和他過了一夜。他是一位真正的紳士，也很厲害。」

「妳說，他還會記得妳嗎？」

「也許還記得吧，」她又點著一支菸，想了想，「但是，我也不知道去哪裡找他，他很警惕，對誰也不相信。」

「我去找他！」哈迪一邊朝門口走去，一邊說，「我必須找到他，我要告訴他，我需要他的幫助，曼娜需要幫助！」

「哈迪……」

「什麼事？」他在門口停下，回過頭來看著曼娜。

「……祝你好運。」

鐘聲酒吧的侍者皺著眉頭對哈迪說：「馬克？你想找他？他可不會到這種地方來。你找他什麼事？」

哈迪舔了舔乾裂的嘴唇說：「我有急事，我要馬上出海，不管讓我做什麼，只要能出海就行。」

「嗯，這種事的確只有馬克能辦到。不過，我懷疑你能否找到他。要知道，黑幫老大的面豈是那麼容易就見到的？」

「我明白。」哈迪快步走出酒吧，他繞開了海員俱樂部，前往另一家酒吧。走到半路時，他聽見警車的警笛聲由遠而近。他心想：一定是老頭的屍體被發現了。

他加快了腳步。

在第二家酒吧，他又問侍者同樣的話：「在哪裡可以找到馬克？」

吧檯侍者沒有看他，而是在埋頭調節彩色電視：「沒有誰找馬克，都是馬克找別人。」

「說正經的呢！我有急事找馬克，我是曼娜的朋友。」

「我不認識曼娜，」侍者說。就在哈迪感到心灰意冷的時候，侍者又說：「對了，魯比是馬克的心腹，只有他才能告訴你馬克在哪裡。」

「好，我怎麼才能找到魯比呢？」哈迪的眼中重新燃起了一絲希望。

「他經營著一家具樂部，就在市中心，那是為上層人物提供娛樂服務的地方。不過這個時間，他應該在自己的公寓裡。」說完，侍者在一張紙上寫下公寓的地址：「啊，朋友，我善意地提醒你，要想進入那座上等公寓，你最好先換一身衣服。」

哈迪乘坐地鐵到市中心，按照侍者給他寫下的地址，他來到一棟豪華的公寓大廈樓下。大廈門前種著五彩繽紛的花草，門口站著一位身材魁梧的門衛。

哈迪對門衛說：「我是來找魯比的。」

門衛上下打量著哈迪骯髒的毛衣和褲子，冷冰冰地說：「已經過了送貨的時間。」

「不……我不是送貨，我來談正事。」

門衛拿起電話，撥了一個號碼。隨後他問哈迪：「你叫什麼？」

「他不認識我，你告訴他，我是為馬克的事而來。」

門衛在電話裡把哈迪的話敘述了一遍，然後掛上電話，領哈迪走進電梯。

「我先對你搜一下身，如果沒問題，你才可以上去。」門衛說。

說完，他仔細地對哈迪進行了搜身，甚至連腰帶都仔細地檢查過了。搜完後，他竄了一聲，走出電梯。他警告哈迪說：「別給我耍花招。」然後關上了電梯門。

電梯到了公寓頂層，門重新打開。哈迪走出電梯，眼前是一條裝修極為華麗的走廊。走廊上站著一個黑髮男人，手裡拿著一把槍。那個男人冷靜地說：「你到這裡來做什麼？你剛才提到馬克，你有他的消息？」

「你可以收起你的槍。」哈迪向他保證自己絕無惡意。他從敞開的門看到寬闊的客廳裡有一張賭桌，十幾個男人正圍著賭桌豪賭。

「為了防止被搶劫，我們總是槍不離手。」那人說。

「你是魯比？」

這個黑髮男人點點頭。他穿著一套條紋西裝，與電影裡的那些黑幫人物同樣的裝扮。「我就是魯比，你是誰？馬克手下的水手？」

「我是個海員，我必須離開這裡，我要出海，聽說馬克可以幫我？」

魯比哈哈大笑起來：「他會幫忙的，只要你有錢！」

「錢……沒有。」

「沒錢？」

「對了，我是曼娜的朋友，她說馬克欠她一個人情。」

「馬克誰的情也不欠！」這時，賭桌上有人在喊他，他衝著裡面回答說：「一會就來！」

「我只想知道，在哪裡能找到馬克。」

「現在太晚了，他可能已經睡了，你明天早上再找吧。」

「到明天早上就來不及了，」哈迪舔舔嘴唇，「警察在追捕我，幫幫忙，我必須現在見他！」

「我幫不了你，誰也不敢在他睡覺的時候打擾他。」他把槍收起來，衝電梯一努嘴，「快滾吧！」

哈迪剛剛走進電梯，這時從客廳裡走出一個一個穿晚禮服的老頭，他也向電梯急匆匆地走來。他一邊走還一邊對魯比說：「這次你把我贏得精光，這下你滿意了吧？」

「希望你下次有好運，布朗先生。」魯比站在電梯口，看著他們，直到電梯關上門。

在電梯裡，布朗還在不停地嘆息：「我沒有證據證明他們在賭具上做了手腳，不過，我的運氣從來沒有這麼壞過。」說完，他好像突然注意到哈迪的存在，上下打量著他，問道：「年輕人，你來找那個槍手有什麼事嗎？」「我要找馬克，就是黑幫老大。」

布朗先生微微一笑：「對，馬克是幫裡的老大。」

「您認識他？」

「在這裡人人都認識馬克。」

「我必須出國，我需要一艘船。」

「馬克會幫助你的，他特別喜歡幫助你這樣年紀的年輕人。他不但會給你找一艘船，如果他心情好，可能還給你一百元。」

「真的？」

「當然了！」

「可是，怎麼才能找到他？我已經找他大半夜了！」

「這可說不準，他行蹤不定。」

「我必須找到他，否則我就死定了。」

「也許和他的情婦在一起。」

「她是誰？」

「她叫瑪麗，住在豪華公寓。」

「您剛才說，他喜歡年輕人？」

布朗先生略略笑道：「馬克喜歡所有的人，所以他才成為幫裡的老大。」

豪華公寓在城市的另一頭，哈迪又馬不停蹄地趕往那裡。還好，豪華公寓門口並沒有帶槍的門衛。

「你知不知道現在是幾點？凌晨三點！」一個美麗的金髮女郎打開門，大聲叫道，「見鬼了，你是誰？」

「馬克在這裡嗎？」

「他不在！滾開！」

「妳是瑪麗小姐嗎？」

「是，我再說一遍，馬克不在這裡。」

「事情很重要，我必須找到他。」

「我說，你趕快滾，否則我要報警了，我可不是嚇唬你！」

「我不是來惹事的，我只是想找到馬克，我需要他幫助。」

「是的，許多來尋求幫助的人都這樣說，但是……」她冷靜了一下，也許哈迪這位不速之客的執著打動了她。

「馬克來過這裡，但現在已經走了，半夜前走的。」

「他去哪裡了呢？」

瑪麗聳聳肩，將門縫開大些：「也許回家了，他十天半個月也不回去一次。」

「他家在哪裡？」

「在他太太那裡，她是一頭老肥豬。」

「我是說他家的地址。」

「他不希望人家去找他，他住在那裡也是用化名的。」

哈迪靈機一動，聞：「他是不是化名為布朗？」

「不，」她哈哈大笑起來，「不是布朗。是他讓你來這裡找他？」

「是的。」

她嘆了口氣：「好吧，我告訴你吧，馬克和他太太的家在河邊，位於十六號碼頭對面，是一棟棕色石頭砌的房子，你到那裡一找就能找到。他化名羅賓。」

「多謝。」

「別讓他知道是我告訴你他的住址的！」

哈迪向十六號碼頭走去。他心想：忙活了大半夜，總算有了結果。這裡沒有警車的影子。他知道警方正在到處搜捕他，但是，哈迪不再擔心了，因為馬克會幫助他。

馬克一定會幫助他，在天亮前就會安排他上船，逃脫那些警察的追捕。

遠遠地，哈迪已經能夠看見那棟棕色的房子了。現在天剛矇矇亮，那棟房子仍然燈火通明，哈迪想：馬克一定還沒有睡，他是在等候像自己這樣的人。

棕色的大門口，有一個帶槍的保鏢。他打開門，對哈迪皺起眉頭。

哈迪問：「這裡是馬克先生家嗎？」

「你找他？」門衛問。

「我有重要的事找他，我已經找了他大半夜了。」

門衛做了個手勢：「在走廊盡頭。」

哈迪走進黑暗的走廊，在走廊的盡頭有一扇開著的門，燈光從珠簾中照出，還傳來一陣陣低語聲。哈迪藉著燈光，慢慢地走過去，撩開珠簾，走進屋裡。只見桌邊坐著一個肥胖的老太婆，身旁還站著兩個面容凝重的男人。當哈迪進去時，他們抬起頭，等他開口。

「我是輾轉找到這裡的，」哈迪說，「我需要馬克先生的幫助，您是馬克太太嗎？」

老太婆點點頭：「是的，我是。」

「我想請您丈夫馬克先生幫助我，有朋友讓我來找他，只有他能幫助我，因為他是幫裡的老大。」他看看旁邊的兩個男人，但是他們仍然面容凝重。

「你要找馬克？」老太婆再次問道。

「是的。」他嘴巴發乾，兩腿發軟。

「可惜，你來晚了，」老太婆對他說，「馬克死了，幾個小時前，他被發現躺在海員俱樂部旁邊的巷弄裡，有人用刀殺害了他。」

第二次機會

奧斯卡．布朗殺死了妻子。

那天是他的六十五歲生日，奧斯卡．布朗趁妻子不備，將她從樓梯上推了下去。

假如沒有那本書頁發黃的舊書，也許他不會對妻子這樣做。那本書是前一天他在清掃閣樓的時候發現的。

那天奧斯卡正在清理自家閣樓，一本放在角落裡的落滿灰塵的舊書吸引了他的注意。不知道是什麼人將那本書藏在閣樓上，書的名字很奇怪，叫《神藥配方》。奧斯卡打開泛黃的書頁，一個標題引起了他的注意 ——《能讓你生活發生奇蹟般變化的配方》。在這個古怪的標題下面，記載著一個配方。奧斯卡粗略地閱讀完這個配方後，大吃一驚。因為，那一頁上寫著：

只有當你擺脫了讓你厭煩的人或物之後，這個配方才會生效。你應該按照配方所示，將所有原料混合起來拌勻，喝下去。奇蹟馬上就會發生 —— 你將從生活中得到應得的一切。

而且，更令奧斯卡吃驚的是：配方所需的各種原料並不罕見，在廚房就可以通通找到。

奧斯卡心想：這個配方多半是個惡作劇。因為，假如你擺脫了讓你厭煩的人或物，還需要這個配方做什麼？不過，奧斯卡轉念一想：他和他妻子居住的這棟房子，據說許多年前是一個巫婆的宅第。她因為從事巫術活動被人們吊死了。想到這裡，奧斯卡又將那條配方細細地讀了幾遍，並反覆唸叨著那句話：「奇蹟馬上就會發生……」。

假如奧斯卡第二天沒有信步走進公園的話，他也許會忘記這個配方的事。

第二天，是奧斯卡的生日。他已經 65 歲了，並不算幸福的生活讓他顯得老態龍鍾。奧斯卡坐在公園的長椅上晒著太陽，無比羨慕地看著一對對戀人在陽光下散步，年輕帥氣的小夥子摟著年輕貌美的女孩的細腰，熱烈地接吻。女孩那撩人的笑聲傳進他的耳朵，奧斯卡心中感到無比悲哀。

奧斯卡不禁回想起他的妻子納迪婭，那個該死的女人，與公園裡這些年輕女孩之間形成殘酷的反差。奧斯卡簡直無法忍受。

白天，納迪婭總是喜歡穿著高領羽綢衣服；到了晚上，在臥室裡，納迪婭也習慣穿得整整齊齊的；直到要就寢時，她才先披上一件長法蘭絨睡衣，在這件睡衣的遮蓋下，她才開始脫衣服。每天，天還沒亮，納迪婭就起床了，同時她也逼著奧斯卡起床。然後她就對著奧斯卡嘮嘮叨叨，小到社會不公，大到人間罪惡，沒完沒了，直到晚上九點睡覺才閉上嘴。納迪婭還有潔癖，每天她都必須把房間打掃得一塵不染，還要求奧斯卡也幫她打掃。納迪婭尤其注意清潔鑰匙孔，每天都要擦十幾遍才罷休。奧斯卡覺得這一行為很有象徵意義，因而覺得很沮喪。

奧斯卡在 65 歲生日的那天獨自一人坐在公園裡，無比豔羨地看著那些年輕的戀人，慨嘆自己的青春年華已經一去不復返了。想著想著，奧斯卡不禁流出了自憐的淚水。他原本也有機會得到那些女孩，可是卻沒有。他回想自己這半輩子，從來沒有得到過年輕女孩動情的擁抱，更沒有聽到過年輕女孩熱烈的呻吟。可這又能怪誰呢？因為他在 25 歲時，為了金錢而和納迪婭結了婚。

他悶悶不樂地走回了家。推開家門，妻子納迪婭的嘮叨聲又在他耳邊響起了。奧斯卡不禁越想越氣。最後，惡向膽邊生的他將妻子從樓梯上推了下去……

奧斯卡在向警察報告他妻子出了意外之前，依照那本舊書上的配方，蒐集各種原料，調配好藥水，然後將這藥水一飲而盡 —— 味道不錯，就是有點鹹。

接下來，奧斯卡整日坐在家裡，等待著自己身上究竟會發生一些什麼奇蹟。

起初，奧斯卡除了發現自己變得很有錢之外，根本沒有奇蹟發生。

奧斯卡是為了錢才和納迪婭結婚的。可是，婚後他才發現，納迪婭將錢包看得死死的。納迪婭是個非常節儉的女人，除了日常的開銷外，她很少花錢，都存進了銀行。另外，連奧斯卡結婚四十年來辛勤工作所賺的錢，也都被納迪婭收了回去，存了起來。因此，直到納迪婭死了，奧斯卡才得到那筆錢。

所以，現在他發現，他一下子得到了一百多萬元。奧斯卡覺得很不值得，似乎他一生的痛苦換來的就是這些錢。

然而，就在這時，奇蹟出現了。

每天都照鏡子的奧斯卡驚訝地發現，自己的頭髮開始慢慢從灰白變成棕色。同樣的奇蹟也發生在他的身體上，四肢變得靈活起來，食慾越來越好。奧斯卡還發現了一個變化 —— 他戴的眼鏡開始視物不清，最後，眼科醫生建議他摘掉眼鏡，他照做了，結果發現他的視力居然恢復到年輕時的狀態！

奧斯卡對自己有了更高的期待。他期待所有的奇蹟一下子都出現在他的身上。但他極力控制住自己，耐心等待，一直等到他的第三顆牙齒又重新長了出來！

他在變年輕！

當然，這給他帶來了一個新的難題 —— 人們會發現他的變化。不過，奧斯卡早就找到了解決的辦法，他悄悄地離開了家鄉，來到五百英里之外的一個旅館住下，在這裡不會有人認識他。他為自己制定了一個計畫，他將堅定不移地執行這個計畫。

回想他和納迪婭過的這40年婚姻生活，多麼死板，多麼了無生趣！現在，他決心將這灰暗的40年徹底抹去，一直等到他退回到25歲。到那時，他要找到既漂亮又單純的金髮女郎，哪怕是花錢買一個也行，他要重新瀟灑一回！

到了那時，他將不得不跟這個金髮女郎結婚，因為只有這樣才能永遠擁有她。不過，他覺得，如果和情婦而不是妻子結婚，那也是美事一樁。

但他也清楚自己的處境：自己正在變得越來越年輕——每六個月他就年輕一歲。假如奧斯卡的祕密被世人發現，他可能就會在全世界引起轟動，政府也許會把他囚禁在一棟房子裡，房子周圍拉著鐵絲網。到了那時，就不會有金髮女郎來看他了，除非她買一張票來看他。當然，還有另外一種情況，如果一個金髮女郎知道，到他們銀婚紀念日時，奧斯卡已經小得需要她給他換尿布了，那她現在肯定不會嫁給他，不管她有多傻。

為了掩人耳目，奧斯卡每六個月就搬一次家，同時也把他的財產從一個銀行轉存到另一個銀行。

在這幾年裡，他仍保持單身狀態，當然這絕對不是因為納迪婭的緣故。他經常把自己關在安靜的房間裡，靜靜地體會奇蹟在自己身上發生。他親眼看到自己從65歲年輕到60歲、55歲、50歲……他坐在房間裡，喜不自禁。有時他甚至喃喃自語，暢想著一旦他年輕到 25 歲他要做什麼。

當奧斯卡重新回到 30 歲時，他發現自己心中經常湧現出向女孩們調情的衝動；當他越過 30 歲，進入 20 多歲時，魔鬼的低語不停地在他耳邊響起：「提前幾年開始並沒有什麼關係。」但是，奧斯卡．布朗知道：自己這次必須堅定不移地按既定方針行事，在 25 歲到來之前，他絕不會提前和任何女人接觸。

於是，為了等待那一天，這二十年來，奧斯卡一直像僧侶一樣過著禁慾的生活。

就這樣，每過半年奧斯卡就年輕一歲。當原本 65 歲的他年輕到 25 歲時，奧斯卡花了整整 20 年。當他到了 26 歲半時，他將所有的錢都從銀行取出，前往紐約。奧斯卡在公園大道租了一套公寓，他把行李往公寓裡一放，連打都沒打開，就急匆匆地奔向黃昏的曼哈頓了。

今天晚上他不用禁慾了。

那些二十五六歲的年輕人對性的了解非常膚淺，他們認為只要有愛就行了。奧斯卡對這些年輕人的看法嗤之以鼻——這幫毛頭小夥子並不了解人性。如果把兩次生命加起來，奧斯卡已經活了 85 年，他對人性也研究了 85 年。他清楚地知道，要想得到美人的芳心，不但要付出感情，還要捨得花錢。

所以在那六個月中，奧斯卡花錢如流水。他每天都光顧夜總會和高級時裝店，為精美的食品和昂貴的酒瀟灑買單，還為那些身價不菲的棕髮女郎購買昂貴的衣服。

但奧斯卡的最終目標並不是棕髮女郎。他只是拿她們練手而已。因為，他要在自己 25 歲生日的那天，和一位金髮女郎結婚。

25 歲的生日快到了，他去尋找金髮女郎了。奧斯卡來到「遠足者」夜總會，在一群脫衣女郎中選中了她。而她一看到奧斯卡鼓鼓的錢包，就愛上了他。

奧斯卡了解到，她名叫格羅麗亞，是一個來自鄉下的窮女孩。格羅麗亞的父親嗜酒如命，她的母親靠洗衣謀生，卻也有數不清的情人。格羅麗亞的兄弟姐妹眾多。她這樣的家庭，在當地是很被瞧不起的。

「儘管我出身於這樣的家庭，但我心懷夢想，」她說，「我要過體面的生活。」

於是她傍上了奧斯卡。

「我想成為體面人，過體面的生活。」她不止一次地說。

奧斯卡認為：她的確找到了，自己就是能給他體面生活的男人。奧斯卡帶著她參加瘋狂的舞會，揮金如土，吃喝玩樂，醉生夢死。

奧斯卡也認為格羅麗亞是天下最會討好男人的人。

於是，在他 25 歲生日那一天，奧斯卡和格羅麗亞結婚了。

第二天早晨，奧斯卡醒來以後卻大吃一驚。

格羅麗亞將自己的頭髮恢復成原來的棕色。

「我終於過上了體面的生活。」她說。

她從她的行李箱裡拿出許多劣質、俗氣的衣服。

她給奧斯卡約法三章：必須晚上九點睡覺；不許在家裡喝烈酒；並且在檢查了奧斯卡的帳簿之後，宣布今後由她來管錢。

她告訴奧斯卡：「我知道你很有錢，但你也不能坐吃山空，浪費生命。你必須找個好工作，好好幹下去，賺更多的錢！」

奧斯卡要崩潰了，他提出離婚。可被格羅麗亞一口回絕了：「離婚是最不體面的行為，你最好連想都不要想！我根本不會給你離婚的理由。」

而且，奧斯卡發現了另一件事：自從和格羅麗亞結婚那天起，奧斯卡又和正常人一樣了，他又開始慢慢走向衰老了。

正如它承諾的那樣，那個配方給了他應得的東西。

他又跟格羅麗亞生活了四十年。

難題

當鮑·威廉走到離家不遠的地方，他看見一輛嶄新的敞篷車停在自家門口。鮑·威廉心裡暗想，果然不出自己預料，一定是米爾醫生來了。他這樣想著，不由自主地加快了腳步，朝前門走去。

走到前門時，鮑·威廉停住了腳步，他環視左右，見四下無人，便從口袋裡摸出一把鑰匙，插進鑰匙孔，輕輕地轉動著。門，悄無聲息地開了。鮑·威廉走進屋裡，並輕輕地帶上了門。

屋子裡一片寂靜，只有屋角的座鐘在滴答滴答地走著。鮑·威廉躡手躡腳地走在厚厚的地毯上，沿著樓梯走向二樓的臥室。他一邊小心地踏上每級臺階，一邊從口袋裡掏出一把手槍。這是一把點二二的手槍，非常小巧，這是他在前一天買的。當走上二樓，輕輕地來到臥室門前時，鮑·威廉停住了腳步。他屏住呼吸，穩定了一下情緒，拉開了手槍的保險，然後推開臥室的門。

門開了。

米爾醫生光著雙腳站在床邊，正在低頭扣著白色襯衫的扣子；露絲——鮑·威廉夫人正倚靠在坐臥兩用的長靠椅上。露絲金色的長髮散亂地披在肩上，身上只披著一件滾花邊的睡衣。臥室裡的雙人大床上，被子和床單亂成一團……

迎接鮑·威廉的是兩張目瞪口呆的臉。露絲呆若木雞地望著自己的丈夫，一旁的米爾醫生也如木樁般呆立在原地，一動也不動。房間裡一片死靜，連地球都彷彿停止轉動了。

在這一剎那，鮑・威廉甚至懷疑自己是不是走錯了家門，他覺得自己彷彿是個訪客，而不是這家的戶主。

「威廉……」—— 露絲的聲音在顫抖。

鮑・威廉用冷漠的目光回應著妻子的叫喊，手指慢慢地扣動了扳機。一聲微弱的槍響迴盪在房間裡。露絲的身體向前彈起，隨即又重重地跌在長椅的靠背上。她的軀體彷彿一下子失去了活力，變得毫無生氣，直挺挺地滑落在長椅上。

見妻子已經斷氣，鮑・威廉也幾乎癱倒在地，但他強撐著站在門口。他的槍口仍指著已經死去的妻子，眼中的神情無比空洞和茫然。

漸漸地，鮑・威廉感覺自己身上彷彿又積蓄了一點力量。他覺得地球又開始了正常的運轉，小鳥在窗外婉轉鳴叫的聲音，以及街道上車輛來往的聲音又開始傳進他的耳朵。

「你打算也殺死我嗎？」米爾醫生一邊繼續扣著釦子，一邊問道。

鮑・威廉盯著他的臉，良久，才回答說：「不，我不打算殺你。」

此時鮑・威廉覺得自己腦海中一片空白，他的心彷彿都被掏空了一般。在他剛剛得知米爾醫生與自己太太的私情之後，恨不得親手將二人殺死，然而，望著被自己射殺的妻子，威廉卻覺得一下子懵了，六神無主的他也不知道下一步該怎樣做。

米爾醫生慢條斯理地扣好襯衫，低頭看了倒在長椅上的威廉太太一眼。憑藉多年的行醫經驗，他已經可以斷定，威廉太太已氣絕身亡。

「看來我們都要難逃關係了。」米爾醫生說。

「離開這裡！」威廉的聲音中懇求多於命令。

「瞧，」米爾醫生不慌不忙地坐在床邊，一邊穿褲子和襪子，一邊說：「你做出這樣的事我非常理解。假如換做是我，我也會這樣做的。我了解你的太太露絲，我相信你也清楚，否則，你不會打死她。可倒楣的是我，我出現在一個不該出現的地方！」

鮑・威廉的目光中也充滿了呆滯和困惑——幾分鐘之前的那個扣扳機的舉動，完全改變了他的生活，改變了他的命運。

「你這一槍可把我們都害慘了！」米爾醫生嘆息著說，「你可能會以謀殺罪被起訴，最後在電椅上結束生命；而我呢？身敗名裂。我奮鬥多年，辛辛苦苦建立的診所，可能因為你這一槍而倒閉破產。還有我的妻子，這事要是被她知道，我的婚姻也就玩完了，我的錢財也將被她刮走。我妻子的脾氣秉性，你是知道的。」

鮑·威廉認識米爾太太。她是個精明強幹、盛氣淩人的女人，人人都怕她三分。有好幾次在交際場合，威廉夫婦遇到米爾太太都不得不退避三舍。若不是為了錢，米爾醫生才不會和她生活在一起呢！米爾醫生已經忍耐了這個米爾太太許多年，他早就迫不及待地想擺脫這隻母老虎的束縛，只是，他一直在尋找機會。

「我現在可陷入困境了。」米爾醫生繼續說道，「在來這裡之前，我告訴診所的護士小姐，我來為威廉太太出診。而且，我的汽車也停在外面將近一個小時了 —— 這裡誰都認識我的汽車。因此，假如警察來調查的時候，我沒有不在現場的證明。」

米爾醫生慢吞吞地繫好鱷魚皮鞋，站了起來。

鮑·威廉看著他：「那你有什麼好主意？」

米爾醫生微笑著說道：「在這個時候，我們是一根線上的螞蚱，我們要互相幫助。」

「我們是否可以重新布置一下現場，讓這一切看似是一場不幸的意外，比如，偽裝成自殺現場？」威廉把槍收進口袋，心不在焉地摘下眼鏡，用手帕擦拭鏡片，「你是醫生，我想這難不倒你吧？」

米爾醫生仔細觀察了一下威廉太太胸部的傷口，皺了皺眉頭：「子彈這種角度射透胸膛，怎麼看也不像是自殺者所為。」他用一隻手托著腮幫，環顧房間四周，然後又朝窗外凝望了許久。最後，他興奮地說道：「對了！只有這樣做，才能使這件事看上去是一場意外！」

自始至終，鮑・威廉對露絲之死沒有一絲難過，當然，他心裡也並不怨恨米爾醫生。他威廉太了解自己的妻子露絲了，露絲絕對是那種水性楊花、放蕩不羈的女人，即便米爾醫生能抵制住她的誘惑，那麼現在和鮑・威廉站在臥室裡的也會另有其人。

現在，鮑・威廉對妻子的刻骨憎恨已經煙消雲散，取而代之的則是一陣強烈的求生慾望。因此，當米爾醫生說出上述那番話時，鮑・威廉也微微地鬆了一口氣。

「願聞其詳。」威廉說。

「只有一個辦法可以將這一切安排得像是一場突如其來的意外，是的，唯一的辦法。」米爾醫生說。他指了指窗戶：「瞧，靠在窗邊的那根挑窗簾的鐵桿，你看見了嗎？讓我們設想一下：你的太太露絲正打算將窗簾卸下來，她站在凳子上伸手去卸窗簾，突然失去了重心，連人帶凳子都倒了下來，那根鐵桿不偏不倚，正好刺穿了她的胸膛⋯⋯」

「你瘋了？」鮑・威廉問道，「子彈怎麼辦？」

「沒關係，我可以將彈頭取出來，幸虧我帶了醫療包！」

米爾醫生一邊說，一邊朝屋角地板上的一個黑色醫療包努努嘴。

「我的外科用工具都在裡面，取彈頭這種事對我來說不過是個小手術。再說，窗簾桿的直徑比子彈的直徑大得多，使用窗簾桿還可以破壞子彈射入的痕跡，」米爾醫生聳聳肩，「總之，朋友，死馬當做活馬醫吧！」

鮑・威廉顯得有些猶豫：「你是醫生，你能確保這種布置能逃得出你那些法醫同行的眼睛嗎？」

「假如檢查不仔細的話，就能夠瞞過去。」米爾醫生說，「話又說回來，法醫不會對她進行徹底的查驗。因為按照本州的法律，我可以先打電話給診所，診所的救護車會將她送去搶救，然後將鐵桿抽出。然後，我來出具一份死亡證明，這樣就無需驗屍了。最後你的妻子會被認為是『意外死亡』。意外死亡的案例在本市太常見了。」

鮑・威廉咬了咬嘴唇：「我不知那是否……」

「別擔心，你和我都是證人。」米爾醫生繼續說道，「為了使事情看起來更漂亮、逼真，在警察面前我們應該統一口徑——當時我們正在上樓梯，聽見臥室裡傳來她跌倒和尖叫的聲音，於是我們衝進臥室，只見她倒在窗戶邊，奄奄一息，一根鐵桿刺進她的胸膛……這就是事情的全部。」

鮑・威廉重新戴上眼鏡，走到妻子的屍體旁邊。看著這個斷了氣的女人，他心中沒有了憎恨，但在他眼中，她似乎什麼也不是，只是一個商場裡的塑膠模特兒。

「好！」他說，「我們首先怎麼做？」

「來，先幫我把屍體搬到這邊來，對，放在窗邊，」米爾醫生說，「然後，去那邊幫我把提包拿過來。」

二十分鐘後，現場布置好了。臥室裡的窗戶敞開著，露絲仰面躺倒在窗戶邊，旁邊是一把翻倒的椅子。露絲的胸口插著一根窗簾桿，那景象令人不寒而慄。在前廳，米爾醫生正驚慌失措地給診所打電話，請他們趕緊派輛救護車過來。五分鐘後，屋前的院子裡響起了刺耳的警笛聲。

負責這件案子的警官叫懷特，他大約有四十來歲，在經過一番例行公事般的檢查之後，警察們就鳴金收兵了。

作為證人，鮑·威廉和米爾醫生都給出了同樣的證詞——威廉太太因患咳嗽，請米爾醫生上門診治，米爾醫生驅車到達威廉太太的家後，和威廉先生一起走上二樓的臥室。就在這時，聽見臥室中傳來一聲尖叫和重物跌落在地的聲音，當他們衝進去時，發現威廉太太已經身受重傷，奄奄一息。還沒等救護車到達，威廉太太就斷氣了。

問訊結束之後，懷特警官向鮑·威廉表達了深切的慰問之意，便草草結案了——他還有許多其他的案件要查辦。

鮑·威廉對自己在葬禮和哀悼期間居然能表現出良好的

自我控制和表演能力也感到驚訝。當然，米爾醫生的表演也非常出色。儘管很多人都對露絲的死感到悲傷，但沒有人會懷疑到威廉和米爾的頭上來。

一個星期之後，鮑・威廉回到公司上班，他在一家水泥公司擔任副主任會計。他發現自己絲毫沒有任何悲傷和犯罪感，而且，他為自己能輕易地將這件事掩飾過去而感到慶幸和驕傲。

在接下來的一個月裡，一切風平浪靜。鮑・威廉過上了一種全新的生活。露絲死了，他再也不必為露絲的放蕩行為愁苦不堪了，他甚至慶幸自己將露絲殺死。

可是，平靜的生活隨著米爾醫生的到來被打破了。這天，米爾醫生來到鮑・威廉的家裡看望他。和往常一樣，米爾醫生還是穿著那身鮮亮的衣著：上身是藍色運動衫，下身是白色長褲，還在脖子上打了一個領結。在心裡，鮑・威廉對米爾醫生的這身裝扮感到非常厭惡，不過，他也知道，某些女性專門為這種裝扮著迷。這個城市裡有幾位醫生可以上門出診，米爾醫生正是其中之一。這不僅是因為他的醫術高明，恐怕還有其不可告人的目的。

威廉遞給他一杯威士忌，米爾醫生喝了一小口，然後坐在一張椅子上，開門見山地說：「嗨！威廉，我們恐怕要有麻煩了。」

威廉吃了一驚，連眼鏡後面的眉毛都跟著揚了起來：「什麼麻煩？」

「阿黛，我的妻子，」米爾醫生說，「她懷疑我和露絲……而且，她知道露絲很懶，不肯做家務，因此她不相信露絲真死於卸窗簾時發生的意外。」

鮑·威廉鬆了口氣，他給自己倒了杯酒，說道：「她只是懷疑而已，不是嗎？」

「那難道還不嚴重嗎？」米爾醫生說，「昨天她威脅我，說要去報警，如果她真的這麼做，露絲的案子將會被重新翻出，警方會進行深入細緻的調查……」

「原來是這樣！」威廉說。他的心中升起了一種令其窒息的恐懼，這種恐懼在不斷地滋生、擴大和蔓延，迅速地扼住了他的整個身心。他吞下一大口威士忌，六神無主地說：「我們該怎麼辦？」

米爾醫生用自己那隻精心修剪過的手旋轉著酒杯，緩緩地說：「我們只能一不做、二不休……」

「你的意思不會是……」威廉說，「阿黛可是你的妻子啊！」

米爾醫生若無其事地整理了一下運動衫的領子：「哦，別在這裡假慈悲了，威廉。現在不是心慈手軟的時候。」

「當然，」鮑·威廉說道，一口喝光杯中的酒，「只是……幹那種事總得有個限度。」

「是的，我的老朋友，」米爾醫生也喝掉杯中的剩酒，將酒杯放在茶几上，雙手疊放到大腿上，「這是最後一次，我們也是迫不得已而為之。」

「你的計畫是？」鮑．威廉問道。

「我都想好了，」米爾醫生說，「到時候阿黛會『自殺』，你知道，她能幹出那種事來。」

「那她為什麼要自殺？」

「因為我，」米爾醫生愉快地說道，「眾所周知，我經常出軌，阿黛就因為這個而自殺。」

看來動機是有了，威廉心想。「可是，你將怎樣具體實施呢？」他問米爾醫生。

「問得好！」米爾醫生點了點頭，「在樹林裡，我們有一幢度假用的小木屋。我計劃用氯仿氣體讓阿黛昏迷，然後用汽車載她到那個小木屋，把她放在屋子裡。同時，我在木屋裡留下一份用打字機打好的已經簽了字的遺書，然後我再把煤氣閥門打開，隨即我離開那裡。另外，我也做好了不在現場的證明。我的診所的接待小姐瑪格麗特已經同意為我作證，說我當晚一直在她的公寓裡過夜。你知道嗎，瑪格麗特暗戀我已經很久了！這次我就要利用她對我的愛，幫我做一個完美的不在場證明。你看呢？」

「無懈可擊！」鮑．威廉說道，「那麼，你要我來扮演什麼角色呢？」

「我只是通知你一下，讓你有個心理準備，」米爾說道，「免得你聽到阿黛的死訊時，說出一些不該說的話，做出一些不該做的事。而且，我也善意地提醒你，你也要找一個不在現場的證明，以備警方的詢問。」

「你的計畫看起來很周詳，」鮑．威廉說道，「但有一點，剛才你說你會弄一份簽了字的遺書，那麼你怎麼弄到阿黛的簽字？」

「老兄，我就知道你會這樣問，告訴你，我已經弄到了她的簽字。」米爾醫生揚揚得意地從外套口袋裡掏出一張折成三疊的空白打字紙。他慢慢地將紙展開，給威廉展示。威廉清楚地看到，在那張紙的末端，簽有阿黛的名字。

「這東西你是怎麼弄到的？」威廉驚訝地問道。

「你有所不知，」米爾醫生說，「阿黛有酗酒的毛病，每天都要喝得酩酊大醉。昨晚，我還在她喝的雞尾酒中下了一點藥。然後將她騙進書房，遞給她許多申請表，告訴她這是人壽保險的申請單，要在上面簽字。於是她不假思索地在上面一一簽字。其中就混有這張白紙」，米爾醫生得意地瞧著手中的白紙，重新將它摺疊好，放進口袋：「美中不足的是，阿黛的筆跡顫抖。可見，她昨天真是喝多了，再加上藥力的作用，她的手都有點不聽使喚了。不過，一個人在自殺之前，因情緒激動導致簽字潦草也是可以理解的，你認為呢？」

「那是毫無疑問的。」威廉說道。

「現在，」米爾醫生說，「我可以向你保證，一切都已經安排好了，什麼都不用擔心。但是，我仍然要提醒你，在『阿黛』自殺時，你最好製造一個不在場的證明。比如請朋友吃飯，或者去某個地方，故意讓認識你的人看到你。」

「這好辦！」威廉說。

「好！那我就告辭了。」說罷，米爾醫生站起來，穿過客廳，走到前門，鮑．威廉出來送他。「記住我的話，老兄，其他的什麼都不用擔心。」

「怎能不擔心呢？」威廉說，「不過如果這件事能徹底畫上句號，我會很高興。」

「時間就定在星期四的晚上，」米爾醫生在走出大門時說，「過了星期四，我們就可以高枕無憂了。」

鮑．威廉站在門口，看著米爾醫生走出院子，走到他停在街邊的敞篷車前。米爾醫生鑽進汽車，發動引擎，然後駛進上下班擁擠的車流裡。

星期四一整天，鮑．威廉都沒有心思工作。到了晚上九點鐘，他坐在家裡，等待著米爾醫生的好消息。這時，電話鈴突然響起，鮑．威廉的心臟幾乎停止了跳動。他忐忑不安地接起了電話。

「事情搞砸了！」米爾醫生激動的聲音從電話中傳來，「你快點來，我需要你幫我。」

「究竟發生了什麼事？」威廉問，他抓著聽筒的手都冒出汗來。

「老兄，快點來！只要我們在一起，什麼都能搞定。不過電話裡沒法細說，等你來了再告訴你。」

「你現在在哪裡？」

「我在林中的木屋附近，現在我正在木屋旁邊的公路上，這裡有一個電話亭。我正在電話亭給你打電話。你快點到這裡來找我，越快越好！」

鮑．威廉很想對他說「No！」，然後結束通話電話，因為現在他感到一種強烈的厭惡。他覺得整個事情已經超出了他能承受的底線，他想收手不幹了。但是這渾水他已經淌進去了，沒辦法抽身，只能硬著頭皮做下去。

「威廉？」

「我在聽，醫生。」鮑．威廉說，「你那木屋怎麼走……」

米爾醫生的木屋建在樹林的深處，十分隱蔽。鮑．威廉在夜色中開了將近一個小時的汽車之後，才來到木屋附近。威廉將汽車停在路邊，他熄滅了引擎，稍微休息了一會。

那真是一座小小的木屋，被漆成淡淡的灰色，坐落在樹林之中。鮑・威廉遠遠看見米爾醫生的敞篷車停在一個烤肉用的小石坑邊，汽車背朝木屋，似乎要急於逃離現場一般。

鮑・威廉心中不禁暗暗感嘆：米爾醫生真是一個行事謹慎的人。他走下汽車，沿著一條羊腸小道走向木屋，他敲了敲門。門開了，米爾醫生滿面笑容地迎接他。

「請進，老兄，」今天米爾醫生穿的是一件明黃色的運動衫，當鮑・威廉經過他身旁，進入木屋時，注意到米爾醫生的手上戴著一副醫用膠皮手套。

當鮑・威廉走進房間的時候，他看見米爾太太阿黛正坐在一張皮質的扶手椅上，兩眼閉著，神態安詳。鮑・威廉想：看來米爾醫生已經用氯仿將她麻醉了。他又看了看房間的四周，只見房間一側的石砌的壁爐上有四面鏡子，鏡子上貼著一封遺書。

鮑・威廉回過頭來對米爾醫生說：「剛才你在電話中說，事情搞砸了……」。

米爾醫生微笑著說：「問題都解決了。」

鮑・威廉指了指米爾夫人：「她會昏迷多久？」

「永遠，」米爾說，「你看這個。」

鮑・威廉繞到米爾太太的另一側，只見在她的太陽穴上有一個彈孔。彈孔黑黑的，邊沿非常整齊，周圍的鮮血已經凝固。

鮑．威廉轉過眼去，不忍再看，他問米爾醫生：「你為什麼要這樣做？」

「這是計畫的一部分。」

「計畫也不能……」鮑．威廉的聲音突然停住了，因為他看到米爾醫生不知從什麼時候，手裡多了一把小手槍，黑洞洞的槍口正對準自己。

「有些東西我忘了向你說明，」醫生說，「阿黛是用手槍自殺，你看，在她的太陽穴上的彈孔四周，還有火藥燒灼的痕跡，相信這些都瞞不過警方的眼睛。」

米爾醫生繼續微笑著說：「阿黛自殺的原因就是，她不能沒有你。」

「什麼？！」聽聞此言，鮑．威廉驚得目瞪口呆。

「然後，」米爾醫生說，「阿黛對殺害你悔恨不已，你知道，威廉，這間小木屋是你們尋歡作樂的據點。你和我妻子一起開車來到這裡。對了，忘記告訴你了，貼在壁爐鏡子上的那封阿黛的遺書是在你家裡用你的打字機打的。」

鮑．威廉顫抖著走過去，看那張遺書上寫著：「威廉曾經和我宣誓，寧死不分離，我對此至死不渝，我是要兩人謹守那誓言。」

鮑．威廉回過頭來看著米爾醫生，只見他手中高舉著一把鑰匙：「這是你家前門的鑰匙，是你妻子生前給我的。今晚早些時候，當你出去做不在場的證明時，我用這把鑰匙進入你的家中，用你的打字機在阿黛簽名的那張空白紙上打下了她的遺書。」

他向威廉晃了晃手中的鑰匙，然後將它收回到口袋中，得意地說：「當阿黛的屍體被警方發現時，他們也將在阿黛的口袋裡找到這把鑰匙。」

「你這是傷天害理啊，總有一天上天會懲罰你的！」威廉大叫著。

米爾醫生絲毫沒有理會他的叫喊，說道：「下面我們來重新梳理一下這場慘案的經過 —— 阿黛在槍殺你幾分鐘後，把遺書貼在鏡子上，然後坐下，對著自己的太陽穴扣動了扳機。至於她為什麼要殺死你，我猜想，是你想甩掉她，或者不想和她結婚。我相信這個理由可以被大家接受。你知道嗎，近一個月來，我一直在朋友圈裡散布消息，說你和我妻子有染？」

「你胡說！」鮑・威廉號叫著，「那完全是胡說八道。」

「我胡說？你認為大家會相信嗎？」米爾醫生搖了搖頭，「你的汽車停在這裡；你家的鑰匙在阿黛的口袋裡，你剛剛失去了妻子，感到無比寂寞；阿黛和我名存實亡的婚姻；再加上我散布的謠言……這一切都是那麼天衣無縫，不是嗎？」

鮑・威廉正要開口，米爾醫生戴手套的手指就扣動了扳機。鮑・威廉的身體直直地倒在了地板上。他最後看見的是，米爾醫生把手槍放在阿黛的手中。他的視線一片模糊……

雖然米爾醫生向某些朋友表示，阿黛和鮑・威廉之間的不正當關係他早就知道，但他對妻子的自殺仍表現出無限的悲痛。他診所的接待小姐瑪格麗特也站出來為醫生作證——證明醫生在事發當晚是在她的公寓裡過夜。米爾醫生生性風流，瑪格麗特又拿出了醫生的不在場證明，總之，所有人都相信阿黛和鮑・威廉之死與醫生無關。

只是，待這件事風平浪靜之後，接待小姐瑪格麗特給米爾出了個難題：她要分米爾醫生財產的一半，此外，還要米爾醫生的整個下半輩子……

這兩件事，恐怕要讓米爾醫生頭疼一陣子。

時差

隨著引擎的轟鳴聲，一架巨大的噴氣式客機降落到希思羅機場。

透過飛機的舷窗，大衛向窗外凝視著。這是他第一次來到英國，他興奮地想看看英國的國土是什麼樣子的。但窗外越來越濃的晨霧讓他失望了，這晨霧讓他們的飛機整整耽擱了一個小時，直到現在才降落。

他微笑著從海關官員手裡接回證件，順利地透過海關的檢查。他的證件上說他是一名商人，在英國作 24 小時的過境停留。因此，海關官員對他草草檢查一番就放行了，甚至沒有要他打開唯一的行李箱。不過，即使他們要檢查，大衛也毫不擔心，因為他把手槍和消音器藏在箱子裡非常隱蔽的地方。當然，這如果換做甘迺迪機場，就有可能查出來，因為那裡用 X 光檢查，不過，通常他們只掃描手提袋。

大衛走出機場，抬手叫了一輛計程車 —— 因為他希望早點趕到旅館。計程車載著大衛穿過郊外的濃霧，駛進倫敦市區。一路上，大衛望著倫敦的街景，心裡想：如果不是此行任務特殊，自己可能在倫敦盤桓幾日，仔細參觀這座古老的都市。可惜，這次時間非常有限，大衛已經訂好了第二天下午返回紐約的機票，因為他不希望紐約方面知道自己來過倫敦。

計程車停在了位於公園路的一家旅館前，大衛辦理了入住手續。走進旅館房間，他把行李往地上一扔。現在還不到上午十點，所以他不急於取出行李箱中的衣物。但是，他卻從行李箱的夾層中取出了手槍、消音器和彈夾，迅速將它們組裝完畢。大衛倒不擔心回去時會被海關檢查，因為他打算用完手槍之後就將其丟掉。

現在是六月中旬，倫敦天氣晴朗，氣溫通常在華氏七十度以下。居民們在外出散步的時候無需攜帶雨傘，少女們也紛紛脫掉外套，露出修長的雙腿，在大自然中嬉戲；最浪漫的是那一對對情侶，他們攜著手在海德公園漫步。

大衛看到這場景，也覺得非常心動。

在旅館裡，大衛匆匆地吃了幾口早餐，洗了一個澡，然後他就朝「紡車俱樂部」走去。「紡車俱樂部」距離旅館只有幾條街遠。他習慣專挑那些狹窄、僻靜的街道走，一邊走，還一邊偶爾停下來研究在機場買的旅行指南。

正午之前，大衛來到了「紡車俱樂部」。這個俱樂部建在一個地下室，大衛從俱樂部的大門走了進去。當他從一個清潔女工身邊走過時，那個女工還用探詢的目光看著他。

走進「紡車俱樂部」，迎面是一個寬敞的賭場，其規模很大，裡面有二十張桌子，那是用來玩輪盤賭、骰子和紙牌的。現在，因為沒有客人，所以桌子上空蕩蕩的。大衛穿過一張張綠色檯面的桌子，走到大廳的深處，他看見有一張賭紙牌用的桌子上仍點著一盞燈。在那張賭桌前擋著一扇傳統屏風 —— 那是分隔賭客和私人重地用的。大衛推開屏風，看見一個大個子獨自坐在那裡，正數著成堆的英鎊。

「你是查爾斯先生嗎？」大衛冷靜地問。

大個子猛地抬起頭，眼神裡帶有一絲慌亂的神色，他的手幾乎要去按桌子底下的按鈕。

「你怎麼進來的？你是誰？」

「我從大門走進來的，我叫大衛，你讓我來的。」

「哦，是你呀。」那人從桌子後面站起來，「真是抱歉，我正在結昨晚的帳單。我就是查爾斯，很高興見到你，先生！」他微微皺起眉頭，「沒想到你這麼年輕！」

「幹我們這行的沒有年紀大的，上了年紀的，要麼離開這個行業，要麼死了。」大衛說著拉出一張椅子坐下，「我只在倫敦待一天，必須抓緊時間，你究竟要我做什麼呢？」

查爾斯沒有開口，先是將桌上一沓沓鈔票放進一個大保險箱裡，仔細鎖好，然後才走回大衛坐的桌子前，坐下，開口說：「有一個愛爾蘭人，我要你幹掉他！」

「愛爾蘭人？」

「他叫奧本，在倫敦有點投資，至於其他的，你不必管。」

「今晚動手？」

查爾斯點點頭說：「我可以告訴你他的行蹤。」

查爾斯點著一支菸，並作了個手勢，問大衛抽不抽菸。大衛擺擺手，拒絕了。幹他這一行的，菸頭可能是致命的。「你為什麼要不遠萬里僱我到這裡來呢？」大衛問。

「你比本地人可靠，」查爾斯告訴他，「另外，我發現這事很有諷刺意味。早在 1920 年，愛爾蘭人就曾不遠萬里從美國芝加哥僱用槍手來刺殺英國官員和警察，那時候，那些殺手是乘船來的，佣金從 400 到 1,000 元；如今，你乘飛機來，殺死一個愛爾蘭人就可賺 5,000 元。」

「可別拿我和芝加哥槍手相提並論，」大衛冷冷地說，他覺得英國式幽默一點都不好笑，「今晚這位奧本會在那裡？」

「我想想，對了，今天是星期二，他會到巴特西收款。」

「巴特西？」

「就在河的對岸，那邊有一個巴特西公園開心遊樂場。在那裡他有許多賭博機，那種給小孩子玩的。」

「那他一定有利可圖！」

「告訴你也許你不敢相信，有時候，小孩子一玩就是一個小時。」查爾斯停下想了一下，說，「這些小孩子也是我未來的顧客。」

「那麼，奧本長的是什麼樣子呢？」

查爾斯拍了拍腦袋，說：「對了，我差點忘了，我這裡有張他的照片，不過不太清晰。」他遞過一張不太清晰的照片，照片上，一個男人正和一位穿超短裙的金髮女郎站在一起。大衛仔細端詳那個男人的長相，只見他相貌平常，沒有什麼特別之處。

「憑藉照片你能辨別出他來嗎？」

大衛思索了一下：「要是在黑暗中，恐怕我有困難；可我比較擅長在黑暗中行動。」說完，大衛從口袋裡取出一根細長的管子，對查爾斯說：「今天你能見到他嗎？」

「那個愛爾蘭人？我可以試試看。」

大衛舉起管子說：「裡面有一種特殊的油漆——白天不留任何痕跡，到了黑夜卻會發光。你用這東西在他皮膚上塗一下，做個標記給我。」

「嗯，那我塗在他外套上吧，這比較容易做到。」

「不行，如果他換掉外套，我們就白費心機了，」大衛說，「盡量塗在他的皮膚上，這東西不容易被洗掉。」

查爾斯嘆了口氣：「好吧，如果你堅持要這樣的話，我會盡力的。」

「還有，我必須先去巴特西附近熟悉一下環境，你就不必陪我去了，因為你出現在那裡不合適。如果你有助手的話，可以派一個給我做幫手。」

「沒問題！」查爾斯按了一下桌子下的按鈕，立刻有一個彪形大漢走了進來。查爾斯對他說：「把珍妮叫來！」

大漢默默地離去。

過了一會，一位金髮披肩的女子推開屏風，走了進來。未等查爾斯開口介紹，大衛就一眼認出，眼前這個金髮女郎就是和奧本一起照相的人。她天生麗質，高高的顴骨，嘴角掛著一絲嘲弄的微笑。

大衛斷定，她習慣於被人呼來喚去。

「你找我？」她問。

「是的，珍妮。我來介紹一下，大衛先生，這是珍妮，我的一位職員。」大衛沒有站起來，只是點頭示意。雖然他不是被僱來猜測他們的關係的，不過，他還是忍不住在心裡猜測。

「很高興認識你。」珍妮說，她說這話，可能是發自內心的。

「珍妮會送你到巴特西公園，她會告訴你奧本的車停在哪裡。」

「你知道他停車的位置？」大衛問。

「是的，我曾經跟蹤過那個愛爾蘭人。」

查爾斯拿起那個裝有夜光油漆的管子，看了看，然後問大衛：「這玩意，她可不可以塗在唇上？」

「我想這沒問題，除非她不小心把油漆吃進嘴裡。塗之前，不妨先在嘴唇上擦點冷霜之類的東西，既造成保護作用，事後也容易擦掉。」他並沒有問查爾斯是什麼意思，「只是，這讓我想起了《聖經》中出賣耶穌的猶大。」

查爾斯從鼻子裡輕蔑地哼了一聲：「相信我的話，那個愛爾蘭人怎配和耶穌相比？這一點你應該比我們更清楚。」說完，他從口袋裡掏出一包皺巴巴的香菸，抽出一根香菸遞給大衛。大衛擺擺手，謝絕了。

「好了，珍妮，開車送這位先生到巴特西公園的開心遊樂場去吧，帶他四處瞧瞧，可別出岔子！」

「放心吧，我會搞定他的。」

大衛眨了眨眼睛，站起身來：「你要做的就是明天一早把錢送到旅館，我還要趕中午的飛機回紐約呢。」

他們握手告別，查爾斯的手冷冰冰的，顯得很不友好。

「先生，這是你第一次來英國？」珍妮駕駛著小汽車，拐過街角時問。

「是的，頭一回。」

「你經常做這種事嗎？」

「什麼？」

「我的意思是，你在美國是靠這個謀生嗎？」

他微微一笑：「不完全是，因為偶爾我也搶搶銀行。」

「不過說真的，幹你們這一行的，我今天是第一次見到。」

大衛覺得這句話似曾相識 —— 他認識的第一個女子也說過這話。那是個疲倦的棕髮女郎，住在布魯克林區一棟公寓的五層。

「查爾斯，或者奧本，他們沒有殺過人嗎？」大衛問道。

「和你不同，」珍妮駕車穿過亞伯特大橋，左轉進入巴特西公園，「人們只有在戰爭期間才殺人。」

然後，她迅速吻了一下他的面頰。

「戰爭已經結束很久了。」他凝望著窗外。「到了嗎？」

「就在這裡，」她將車停了下來，「現在我們步行過去。」

「這是去開心遊樂場最近的停車處嗎？」

「是的。」

「也就是說，這是那個愛爾蘭人的必經之地？」

「對！」

大衛和珍妮，像一對情侶一樣下了汽車，手挽著手走進了公園。他們經過了一座噴泉，走上一條兩邊種著花的小徑，一直走到一扇十字轉門前 —— 那是遊樂場的入口處。

「看起來比較冷清嘛。」大衛說。

「到晚上人就多了，等一會你就知道了。這裡有旋轉木馬、碰碰車等，還有那些老虎機，它們吃掉遊客袋中的銅板，和一般的遊樂公園沒什麼兩樣。」

大衛點點頭，轉過頭去饒有興致地打量著旁邊一臺複雜的賽狗裝置。玩一次要花六便士，但贏了的話，也會得到相當可觀的獎勵。

「我們美國是禁止賭博的，政府認為賭博能誘使青少年學壞。不過，如果你們英國承認賭博合法，那麼憑什麼敲詐錢財呢？」

「你誤會了，奧本並不是來這裡敲詐，他在這裡有投資的。」

「你猜想他一晚上能收多少錢？」

珍妮聳聳肩說：「10 到 20 磅，數目不會很多。」

「不過，有人殺了他並把錢搶走，就可以被看做是一起搶劫案了，對吧？」大衛說。

「哇，你真聰明，查爾斯怎麼就沒想到呢。」

「因為是他出錢，我辦事。對了，關於磷光的事，你能吻他而不令他起疑嗎？」

「沒問題！」

「你要趁著天色還亮的時候吻他，這樣他就不會察覺到自己臉上的磷光。」

「放心吧！」珍妮說。然後她領著大衛走進遊樂場，並告訴他愛爾蘭人會在何處拿錢。

「他有時候還會騎轉馬，」她說，「他只是一個大孩子。」

「然後他就走這條小路回到停車的地方？」「他一貫如此。」

大衛站在小路上，透過茂密的樹枝一眼瞥見不遠處有一盞路燈。他急忙四下檢視，見沒有人路過，迅速從夾克裡掏出無聲手槍，抬手就是一槍，路燈的燈泡立時變成碎片。

「你這是為今晚作準備？」珍妮說。

「是的，」現在大衛滿意了，「到了晚上，當奧本從這裡經過時，這裡會是一片黑暗，他臉上的磷光就成為我的靶子，明白了嗎？」·

「這樣就行了嗎？」她問。

「是的，妳吻過他之後，迅速離開這裡，我不想傷害到妳。」

「別擔心。」

剛過中午，時間尚早，珍妮便送大衛先回旅館。大衛有充足的時間作準備，於是他在旅館附近閒逛，看看商店的櫥窗。大衛把這次行動看成是一次普普通通的行動，只不過是在國外動手而已。

大衛開始在腦海中勾勒出這樣的情景 —— 大約在晚上十點鐘，奧本收完錢，從開心遊樂場辦公室走出。他踏上黑漆漆的小路，向自己的汽車走去。大衛正在小路附近的隱蔽處埋伏，待奧本走近，大衛透過其臉上的磷光辨別出他的方位，用裝了消音器的槍向他射擊，奧本當場斃命。然後，大衛從他的屍體上翻出皮夾，將鈔票取走，並迅速離開現場。儘管倫敦很少發生持槍搶劫，但警方仍然會認定這是一起劫案。就算警方查明了事件的真相，他也早已搭乘中午的飛機飛回美國了。

不過大衛也在考慮另外幾種可能性：假如奧本帶著武器怎麼辦？大衛轉念又一想：但那沒有關係，自己在暗處，而奧本臉上有磷光，必定成為活靶子;嗯，珍妮也許會吻錯人，但大衛並不擔心這一點，這是她的事，與自己無關；至於路燈，也許會有人向公園報告說燈壞了，但公園最快也會在明天派人來修。

計畫的每一步都無懈可擊！

心情輕鬆的大衛漫步到特法拉加廣場。他站在六月的陽光下，凝視著廣場上自由自在的鴿子。他在那裡站了很久，甚至太陽躲到雲層之後，他還在那裡流連忘返。

大衛一貫小心謹慎。他對珍妮也不完全放心，因此，到了黃昏，他就出發了。他先來到紡車俱樂部，遠遠地看到珍妮從那裡出來。大衛悄悄地跟蹤珍妮，跟著她來到開心遊樂場。大衛遠遠地看到珍妮和一位黑髮男子交談著，然後，她迅速吻吻他的臉頰，回到自己車上。雖然大衛看不清那個男子的臉，但他相信，那人必定就是奧本。

那個黑髮男子和珍妮分開之後，便朝通往開心遊樂場的小路走去。大衛看了看錶，晚上八點剛過，天還沒黑。公園裡散步的人太多，大衛覺得現在不是動手的時候，便暗暗地跟在那個男子身後。他必須等到最佳的時機。

他跟在奧本的後面走著。他從許多年輕情侶和少男少女的身邊走過，他與許多長髮飄飄的少女擦肩而過，偶爾，他也會碰上一些上了歲數的人。時間在流逝，路燈也亮了，五彩繽紛的燈光映照在年輕人紅紅的面頰上。

大衛注視著奧本走進辦公室。奧本在辦公室耽擱了很久，大衛則在附近焦灼地等待，他來回踱著步，覺得外套口袋裡的手槍頂在肋骨上熱乎乎、沉甸甸的。

不知過了多久，奧本從辦公室出來了。他緩緩地從一排遊藝攤旁走過，一邊走還一邊摸著胸前的口袋 —— 顯然，那裡裝的是現金。他走到一個攤子前，玩了幾次球，贏了一個椰子，但他還給了攤主。最後，他走進一座黑糊糊的木頭建築物中，開始玩起碰碰車。大衛也跟了上去，參加了玩碰碰車的隊伍。在黑暗中，他看見奧本的臉上閃著綠瑩瑩的磷光，大衛放心了，珍妮完成了她的使命。

大衛很想在這個黑暗的屋子裡動手，他已經暗暗將外套口袋裡的槍攥在手裡，只要他對著那個磷光點扣動扳機，任務就完成了。

如果這樣做，就演變成一場有預謀的凶殺了。經驗老到的大衛才不會這樣做呢！他要在那條黑暗的小路上動手，這才能偽裝成一場搶劫案。於是，他又把手槍收了起來。

過了一會，奧本走出了碰碰車遊樂場，大衛也趕緊跟了出去。奧本穿過一道室內的拱廊，從一排排老虎機旁走過。朝前面的一個叫做「風洞」的地方走去。「風洞」是由岩石和混凝土搭建的，年輕情侶和兒童最喜歡去那裡玩。「風洞」有一個出口，直接通向停車的小路，奧本是為了抄捷徑回去。

大衛趕緊看了看手錶，錶針指向差五分十點。大衛心想：等奧本出了這個地方，踏上小路時他再動手。於是，大衛又掏出了手槍。開始的時候，「風洞」裡有些其他的遊客，等他們快要走到出口的時候，洞裡就只剩下他們兩人了。奧本現在也感到有人在跟蹤自己，因為在黑暗中，那一點磷光正隨著他轉頭而來回擺動。但不管怎樣，當他們走到外面時，大衛就會安全地融入到外面的黑夜中，而奧本臉上的磷光則將讓他送命……

「風洞」的出口處，是一條厚厚的布簾。一轉眼，奧本就穿過那布簾出去了。大衛知道現在該動手了，於是他也快跑幾步，掀起布簾，衝了出去。

令他無比驚訝的是：外面的天居然沒有黑！

愛爾蘭人先發制人，向他開了一槍，大衛只覺得胸部一陣劇痛……

凌晨三點，紡車俱樂部正準備打烊。

坐在俱樂部辦公室的查爾斯和珍妮突然看見一個人走了進來 —— 那居然是奧本！

奧本一手握著自己的手槍，另一隻手拿著一把無聲手槍 —— 顯然，那是美國人的。

「這是怎麼……」

「沒想到吧？你們倆應該都沒想到吧？沒想到我還活著。」

珍妮向他走了兩步，但奧本用手槍指著她，阻止她靠近。「你們這些自作聰明的傢伙！請美國佬來殺我，你應該自己動手。珍妮吻我，在我臉上留下一點磷光，可是那個美

國佬忘記了一點 —— 倫敦的緯度在紐約北面 11°的地方，在六月中旬，倫敦到了晚上十點鐘後，天還是亮的！」

「你想怎麼樣？」查爾斯感到嗓子有些發乾。

愛爾蘭人笑而不答，好像這一刻他等了很久了。當查爾斯的手朝桌子下的按鈕伸去時，奧本已經扣動了扳機……

媽媽的金戒指

小鎮居民都有好記性，凡是住過小鎮的人都知道這一點。

我媽媽遇害時，很自然地，鎮上的人首先懷疑爸爸是凶手。可因為遲遲找不到真凶，案子也變成了懸案，一直沒有破，於是，爸爸只能背著黑鍋度過餘生。

那年，我才十一歲，姐姐露西十四歲。我們的家住在小鎮的南端，那是一幢又髒又破的小木屋。

小時候，我們家徒四壁。一個火爐是我們家唯一取暖的東西。雖然它占據了屋子的大部分空間，但卻沒有讓我們的家變得更暖和。

爸爸的職業是油漆匠。即使在經濟危機到來的時候，他憑藉著油漆手藝，仍可以養家餬口。可儘管如此，我們仍然時常掙扎在忍飢挨餓的邊緣。

爸爸在小鎮上的人緣不錯，尤其是和女人，他有許多紅顏知己。爸爸並不是一個英俊的男人，但我猜他一定有什麼吸引人的地方。爸爸個子很高，四肢纖細瘦長，腦袋卻大得不相稱 —— 寬闊的額頭，尖尖的下巴，一頭濃密的棕色頭髮，烏黑的眉毛捲曲著。在我小的時候，我很害怕他的眼睛，他那對從彎曲的眉毛下向外窺視的黑色小眼睛，常常讓我不寒而慄。

媽媽在我記事以前就死了。在我的記憶裡，媽媽只是一個模糊的影子。雖然爸爸和媽媽的結婚照被鑲在銀色鏡框裡，並擺放在收音機上，可是我很難把照片上那位苗條、漂亮的女子和我記憶中的媽媽連繫起來。我記憶中的媽媽比較胖，因為我清楚地記得，她的手指上戴著一枚金質婚戒，那細細的戒指幾乎嵌進她的指頭。

我記得媽媽被謀害的時候是在三月初，是大地回春、萬物復甦的季節。

那天晚上，我和姐姐找到爸爸，請求他允許我們看電影。沒想到爸爸欣然同意了，因為以前爸爸總是說，不要把錢浪費在那種毫無意義的事情上。但那晚，爸爸比平時寬容了許多，我和姐姐一開口，他就答應了。他給了我們買票的錢，我和姐姐高高興興地去了。那部電影叫《英勇船長》，以至於之後的好長時間，我都不敢再看史賓賽·崔西的電影。不過姐姐卻一點也不在乎。

大約在晚上九點五十，我和姐姐看完電影，從鎮中心步行大約一裡路回家。我清楚地記得那是個滿天星斗的夜晚，天氣有些寒冷，南風迎面刮來，我和姐姐不得不每走幾步，便背過身去，用戴手套的雙手遮住臉，倒退著行走。

當我們轉過一個拐角，遠遠地看到自己家的時候，我和姐姐感覺到彷彿發生了什麼不尋常的事情。似乎有許多人在那裡圍觀，還有警察。

「難道是唐‧金家出事了？」姐姐不住地猜測，「他一定又喝醉了吧？不應該啊，他妻子平常不報警的。」

而我的腦海裡則充滿了不祥的預感。那些圍觀的人群，嘈雜的聲音，一閃一閃的紅燈，都使我感到深深的恐懼。

當我們走近一點之後，我發現許多人站在我們家的門口。在微弱的星光下，人群中的每一個人都在注視著我和姐姐，我們開始快速朝家裡跑去。

我們跑到家門口時，鄰居們正在七手八腳地把我媽媽抬出來，送到救護車上。鄰居的胖太太一把將我摟住，把我的臉擋在她寬大、柔軟的胸前。

我聽見姐姐在尖叫，她試圖掙脫胖太太家的雙胞胎男孩兒，他們在阻止姐姐撲向媽媽——媽媽正被醫護人員抬走。

過了很久以後，我才知道當天晚上發生的事情。

當天晚上九點鐘的時候，鄰居的胖太太來我家借糖，準備做巧克力軟糖。她敲了幾下門，卻沒有人應答。胖太太推開了虛掩的門，卻意外地發現，媽媽正躺在臥室的門邊，已經斷了氣。當她明白過來是怎麼回事的時候，她的尖叫彷彿要讓屋頂都塌下來。幾分鐘後，當爸爸趕回家時，救護車已經到了，可一切都晚了。

警察把爸爸帶走，進行調查。不過爸爸拿出了所謂的「不在場證明」。他先去蓓蕾咖啡廳喝咖啡，後來又去阿福撞球場玩撞球，最後，他還去了艾利酒吧，和胖太太的丈夫一起喝了兩杯啤酒。每個地方都有目擊證人，證明爸爸並不在凶案現場。

但是，在這個晚上，爸爸仍然有許多機會可以回家下手。於是，小鎮上開始出現了許多非議。許多居民認為，那晚他之所以答應讓我們姐弟看電影，是為了支開我們，以便作案。但他們也沒有十足的證據。

當時，只有一個人認為爸爸是無罪的，他是一個新來的警察，但沒有多少人贊同他的看法。因為警方在驗屍的時候，發現媽媽的一隻手被凶手砍掉了。媽媽的手一直沒有找到，誰也不知道它去了哪裡。而那位新來的警察認為：凶手一定是個性變態，是他殺死了媽媽，並砍掉了她的手，因為凶手一定有「戀手癖」。

「你一定聽說過有『戀足癖』的人，」那天我聽見他在對警長說，「還有的人是『戀物癖』—— 他們瘋狂地喜歡女性內衣……」

這些新名詞對警長來說，從未聽說過，其他人也沒有聽過。大概多少年後，他們也不會聽說這些詞彙。

儘管這一觀點沒有引起多數人的共鳴，但新警察仍然堅持自己的判斷：「凶手肯定是個有『戀手癖』的人！」

這樁凶殺案還有其他的疑點：雪地上沒有留下任何足跡；

此外，家裡放著的一把祖父做的木柄切肉刀也不見了，警方一直沒有找到。

由於沒有一點頭緒，這個案子不了了之，被淹沒在時光的塵埃之中。最後，沒有任何人被指控。我經常在心裡想：假如爸爸被警方指控，然後再被宣判無罪，也許會洗脫他身上的嫌疑。可現在，幾乎全鎮的人都認定爸爸是殺害妻子的凶手，儘管人們當著爸爸的面不說什麼，但是，人們彼此心照不宣。

媽媽離開我們之後，我和姐姐的生活更加困頓了。在家裡，我們倆很少和爸爸交談，甚至盡量避開他。但在這樣小的房子裡，這可不是一件容易事。每到夜晚，我和姐姐在做功課時，爸爸總是衝著我們抱怨說，鎮上的人們總是對他冷眼相待。

「人人都認為是我幹的，」他說，「可你們知道，凶手不是我！你們知道的，對嗎？我怎麼能對你們的媽媽做那種事，我為什麼要這樣做？」

爸爸平生從不在乎別人，可如今卻會因為別人的看法而感到煩惱不安，真是奇怪。媽媽去世以前，爸爸從來不喝烈酒；可現在，他每天回到家後便悶坐一旁，自斟自飲，直到喝得酩酊大醉。夜深的時候，爸爸都會醉倒在床上，雖然他不會打我和姐姐，可他喝醉後的樣子，更讓我們無法接受。

最初，我和姐姐都認為爸爸可能會再婚，因為鄰居們都知道，一直以來，爸爸都對朱迪小姐「有點意思」。朱迪小姐是鎮上學校裡教四年級的老師。對……「有點意思」是我們牧師常用的詞。

記得媽媽還活著的時候，爸爸並沒有過多地表現出對朱迪小姐的好感。有時候，我們去參加鎮上的集會時，爸爸也主動和朱迪小姐打招呼，甚至還試圖搭訕。這時候朱迪小姐總是皺著眉頭，對爸爸微笑著搖搖頭。

媽媽去世以後，爸爸幾次邀請朱迪小姐參加舞會，甚至還買來電影票請她看電影。但爸爸的幾次努力都失敗了，朱迪小姐拒絕了他。

我猜想，也許朱迪小姐心裡對爸爸沒底。畢竟，爸爸身上還背負著殺害妻子的嫌疑。但無論什麼理由，總之，在一年後，朱迪小姐和一個加油站老闆結婚了。這意味著爸爸永遠沒有機會了。

自此以後，我和姐姐的生活越來越糟糕。姐姐中學畢業後，進入了一家礦工醫院，成為一名實習護士。我知道，她是在等我畢業，然後一起走。因為在很早以前，我們就決定：我們在長大成人之後就離開這個破碎的家。

在我十七歲那年，我從中學畢業了。在畢業前的幾個星期，我已經將我的個人物品裝在一個破袋子裡 —— 那是我十三歲時在垃圾堆撿來的。畢業那天晚上，我回到家裡，將媽媽的結婚照塞進袋子裡，便不辭而別了。我直接來到汽車站，前往一所鄉村小學 —— 我們的校長安排我臨時在這裡教書。到了第二年夏天，我幸運地考上了大學。我一邊打工一邊讀書，計劃在畢業之後謀求一份正式的教職員作。

我姐姐的事業發展也很順利，她完成了護士培訓課程。不久以後，她出嫁了。三年之後，我也結了婚。我和姐姐的家相距僅五十里。

我們姐弟倆都沒有再見到爸爸 —— 直到他去世，也未與他謀面。

因為要參加爸爸的葬禮，我和姐姐這才回了一次家鄉。

我們回去的時候，他的遺體已經被抬到了位於家具店後面的殯儀館，有幾位鎮上的居民來送葬。我們沒有在葬禮上停留多久，爸爸的遺體一下葬，我們就匆匆離開了。也許人們會認為我們不尊敬爸爸，但是，爸爸也不尊重我們。

在參加爸爸葬禮期間，我和姐姐住在旅館裡。即使給我一百元，我們也不願再睡在爸爸居住過的老宅裡。不過，爸爸下葬後的第二天，我們還是去了一趟位於鎮子南邊的老宅，整理爸爸的遺物。

我們曾經生活過的小木屋更加破爛了，斑駁的漆殘留在牆上，院子裡長滿了野草，滿目荒蕪。

屋裡散發著霉爛的氣味，幾乎令我們窒息。姐姐打開窗戶，讓空氣流通起來。接下來，我們倆開始清理屋子裡的雜物。清理出來的一大堆垃圾直接送到垃圾站丟掉，另外一些尚可使用的物品，則捐贈給了「救世軍」。總之，沒有一樣東西是對我們有用的。

「這是什麼？」

在媽媽結婚時買的櫃子上，姐姐找到了一個小東西。那是一個破舊的香菸罐，看上去不太大，扁扁的。

「裡面裝的是什麼？」姐姐拿著它在耳邊晃了晃，「裡面有東西在響。」

她擰開蓋子，把裡面的東西倒了出來。

我們一起向那東西看去。

它靜靜地躺在那裡，那是一隻人手的骸骨。在小指的末端，我看到了那熟悉的、曾經幾乎嵌入媽媽肉裡的金質結婚戒指。

可憐的爸爸，他總是要物盡其用，但那個戒指，再也沒有派上用場過。我們知道，爸爸是想把那戒指送給一個女人，可這，卻讓媽媽失去了生命。

一杯藥茶

大雨依然嘩嘩地下個不停，道路也顯得越來越泥濘，赫伯特．詹金斯一邊小心翼翼地駕車往山上爬，一邊不停地抱怨著自己：「我這是幹什麼呀？雨這麼大，路又這麼不好走，費這麼大力氣朝著山頂上的修道院跑值得嗎？早知道天氣是這樣，我就不遭這份罪了。」

過了一段時間，雨點漸漸地小了，可是太陽仍然被厚厚的雲層緊緊地遮蓋著，詹金斯的汽車還在路上費力地行使著。

「我真是個傻瓜，居然會在這種鬼天氣裡接受那個老太婆的邀請。如果河裡的水位再漲高一點，等我回來時再過那座舊木橋可就困難了，搞不好還得繞著走，要多跑好幾十里路。唉，與那個老太婆交談只會是一些無聊的閒談，要白白地浪費掉我一個下午的時間，再說了，律師事務所裡還有那麼多的案卷沒有處理呢。」一想起這些，詹金斯就懊惱不已。

不過，抱怨歸抱怨，但詹金斯心裡還是很清楚，這次拜訪是早晚的事。那個老太婆現在已經沒有什麼能力打官司了，她唯一能夠倚重只有薩姆．考德雷，可那不過是一個剛剛從法律學校畢業的年輕人。與薩姆。考德雷相比，自己就可以為老太婆做很多事！起碼到目前為止，還沒有一件令他本人擔心或是引起法院注意的事情發生。

「無論如何，我這次都要努力做她本人的工作，哪怕是多給她幾股，因為，如果真的打起官司來，不僅冗長的法律訴訟太耗費時間和精力，而且還會鬧得沸沸揚揚，不划算。」詹金斯一邊開著車，一邊默默地盤算著。

赫伯特．詹金斯指的那個老太婆是埃絲特．鮑恩，她是保羅．鮑恩的遺孀。

保羅．鮑恩生前可是個有些名氣的人。他本人自稱是化學家，其實他是一個完全靠自學成才的發明家。他這一輩子都在潛心鑽研，搞各種研究，但卻始終沒有弄出什麼名堂，直到六十多歲了，他才鼓搗出一個軟飲料的配方，經布萊特—朱斯公司投放當地市場後，很受消費者的歡迎，因此，布萊特—朱斯公司把他和他的軟飲料配方看成是一座富有的金礦，源源不斷地挖掘其潛力，當然，這段時間並不長。後來，由於鮑恩過於自信，不合時宜地盲目擴張，導致經營效果每況愈下。這時，不僅銀行開始施壓，拒絕再貸款給他，而且還放出話來說要找擔保人的麻煩，至於那些擔保人，自然不堪重壓，紛紛找上門來，令鮑恩不勝煩惱。更為嚴重的是，那些競爭者乘虛而人，乾脆切斷了他的銷路。這真是：一著走錯，滿盤皆輸。當時，在任何人看來鮑恩都回天乏術，最後必定是破產無疑。

從事律師職業的赫伯特．詹金斯就是在這個時候介人的。他很精明，先是對鮑恩的處境進行了一番仔細研究，然後他像通常那樣，按照自己的設想作了一個全面的規畫：第一步，避開鮑恩，先和東南飲料公司取得聯繫，盡量說服他們同意接管布萊特一朱斯公司。當然，結果是出乎預料的順利，憑他的三寸不爛之舌，也就是花了不到一頓飯的工夫吧，就讓對方接受了。當然，他在這期間耍了點花招，開始時先扯了點小謊，說自己是這個專案的投資人，其實他當時連半個股都沒有；第二步，憑他與東南飲料公司之間的一個還未生效的口頭協定，開始與鮑恩直接對話，或者直白一點說，就是發起進攻。

「鮑恩先生，我已經仔細研究過你的情況了，恕我直言，現在你的面前只有兩條路可以走。」他開門見山地說。接下來，他對形勢作了全面的分析，然後對坐在自己對面那個神情憔悴、耷拉著腦袋的人說：「我認為，你要麼是宣告破產，要麼是把現有的都賣出去，只有這樣才不會讓你的利益全部喪失。」望著對方那無奈的眼神，他順勢將自己的計畫合盤推出，「我是這樣考慮的，由我把主要擔保人的抵押權買過來，成為新的控股者，你將保有最低的股份，你仍然擔任董事會主席。」說到這裡，詹金斯內心都忍不住笑了，其實他很清楚，這個董事會主席的桂冠是徒有虛名的，只不過暫時用來滿足這個老頭的虛榮心罷了。

「我真是做了一筆好買賣，看來鮑恩老頭還非要董事會主席這個頭銜不可，而我是在據理力爭之後才作出的讓步，不過，這個老頭能不能進董事會的大門，完全要取決於董事們，我雖然沒明說，但該說的也都暗示出來了。」詹金斯暗暗竊喜。

詹金斯現在回想起這件事，還很得意。他還清晰地記得，當時的鮑恩眼眶中充溢著淚水，他的心在痛，手也在抖，簡直不敢看桌子上的那支簽字筆。時間一分一秒地過去，最後鮑恩不得不咬咬牙，拿起筆來在協定書上簽了字。詹金斯清楚地看到，當鮑恩微微放下那支簽字筆時，還是顯得猶猶豫豫。不難看出，這個老頭內心的極度痛苦和無奈，他難以割捨寄託著自己一生心血和希望的東西。雖然他的簽名歪歪斜斜，充滿了孩子氣，但卻圓了那個居心叵測的律師幾個月來的夢想，這是這個老頭無論如何也想不到的。

詹金斯一拿到有鮑恩簽字的協定書，就立刻把軟飲料的配方轉賣給了東南飲料公司，這讓他不但全部收回了先期投入，還狠狠地賺了一大筆。

這說明了什麼呢？無非是如果一個人了解了人的本性，他所能做到的是什麼程度。在這個世界上，有很多人都是傻瓜，如果你知道怎麼掌控他們，那麼將他們玩弄於股掌之間就是很容易的事了。這時的詹金斯就是這樣子的一個人。

「目前只剩下老太婆的問題了，不過她好對付。我猜想，她現在一定還沒有從失去丈夫的悲痛中擺脫出來。」詹金斯心裡想。

原來，在詹金斯施展的計謀得逞後沒幾天，鮑恩就自殺了，他的屍體是在車庫中發現的，當時他坐在發動著的汽車裡，車庫門和汽車門都被死死地堵著，在他身邊有一份遺書，上面只有潦草的幾行字，還是那種歪歪斜斜的孩子氣的筆法，大意是說自己這一生是多麼失敗，唯有離開這個世界才是一種解脫，並乞求可憐的妻子能夠原諒和寬恕他，絲毫沒有提到詹金斯。

鮑恩自殺事件在鎮上引起了不小的波瀾，人們也有多種猜測，當然，大多還是認為他是由於生意上的破產所導致的。

但是對於詹金斯來說，這可是件天遂人願的好事，他暗暗地想：「這下好了，我不僅可以徹底解脫，避免很多麻煩，而且也不必擔心鮑恩反悔了，如果他真的反悔，再把這件事弄到法庭上去，那可就是天底下最大的麻煩了，到時候，我和東南飲料公司的不實口頭協定就會暴露，給我的那些對手授以口實，弄不好還會威脅到我的律師資格。現在鮑恩已經死了，這叫死無對證，我也不用再擔心什麼了。」

事實上，鮑恩後來對簽了字的協定已經有所懷疑，他的確有了反悔之意。

車子繼續向山頂爬行。

詹金斯想：「那個老太婆整天待在家裡，肯定對這其中的內幕一無所知，即便是她想到自己的丈夫是受騙了，但也無能為力。或許她會跟薩姆．考德雷談談，可那個初出茅廬的年輕人又會有什麼好招呢？而我就不同了，我不但可以給她一些心理上的安慰，說不定還會根據情況，慷慨大方地把我名下的股份讓出一二來，這對她該是多麼大的誘惑呀！此一時彼一時嘛，我得勸那個老太婆看清形勢。」

在霏霏細雨中，詹金斯的車終於到地方了。眼前是一幢上下兩層的維多利亞式建築，如果放在多年前，這幢建築應該是很壯觀、氣派的，但是經過歲月的沖刷，如今它在雨中已經顯得十分荒涼和破敗。

詹金斯下了車，順手把雨衣的領子往上拉了拉，快跑上臺階，按響了門鈴。

「噢，原來是詹金斯先生呀，你在大雨天還能趕過來，真是太好了，快，快請進！」出現在門口的是鮑恩太太 —— 埃絲特．鮑恩，也就是那個身材瘦削，滿頭白髮，背還微微有些駝的老太婆。

「鮑恩太太，妳好！因為天氣的原因，讓妳久等了，很抱歉！」他禮貌地問候著。

隨著老太婆蹣跚的腳步，他走進室內，向四周看了看，只見起居室裡生著火，暖烘烘的；通向飯廳那裡有一道門，但是關著的；居室的窗戶上掛著厚厚的窗簾，似乎是在遮擋陽光，但今天是陰雨天，陽光並不存在；客廳的沙發前有一塊很舊的地毯，旁邊有一盞黯淡的燈亮著；牆上還掛著一幅鮑恩和妻子年輕時的合影，兩個人緊緊依偎著，臉上露出燦爛的笑容，詹金斯迅速收回了目光。

「鮑恩太太，妳的身體還好吧？」他坐下來後，一邊烤火取暖，一邊裝作熱情地問道。

「噢，已經恢復得很不錯了！人嘛，就應該知足，不過對於我來說，我丈夫的死的確是個晴天霹靂。」

「是啊，人之常情嘛，我能理解。我看妳的生活環境還是蠻不錯的。」

「我的生活沒問題，就是他的死法無法讓人接受。」鮑恩太太說。停了一會，她又繼續說道：「他平常對那些輕生的人一向是持批評的態度，可如今他怎麼也做出了這樣可怕的事情？我簡直無法相信。你說說，他為什麼要那樣做呢？」

「是啊，究竟為什麼呢？鮑恩太太，我想他肯定是生病了，不過事已至此，我勸妳也不必過於沉湎了，還是保重身體要緊。」詹金斯避開了老太婆注視的目光，關切地說。

「他一定是心碎了，詹金斯先生。你想想，他這一輩子的心血都傾注在了這項事業中，而失去它又是那麼突然，就像自己是被出賣了。」她面色凝重地搖搖頭說。

「在商場上，任何事情都有可能發生，我看這件事實屬平常。有時一個環節上出了錯，事情就那麼發生了，可這並不是妳丈夫的責任。」詹金斯緩緩地說。

「哦，你坐著，我去看看火。」說著，鮑恩太太站起來，走到壁爐前撥了撥火。

「詹金斯先生，不瞞你說，這段時間我也從這件事中學到了不少東西。你或許還不知道，鮑恩死前曾對我講過一些情況，從那些情況看，我認為並非簡單地『事情就那麼發生了』，他的公司陷入困境這不假，但他是被人誘騙到某種境地的，到了那一步，他別無選擇，只能將自己一生的心血結晶以實價的一小部分售出。這不是他的本意，也不是公司的必然出路。」說這話時，她的臉色發紅，身體也在微微顫抖，不知是由於火烤的還是情緒激動的緣故。

詹金斯依然很平靜地坐在那裡。

「我認為，你就是最大的利益得主！」鮑恩太太突然轉過身來，面對著他大聲說。

「鮑恩太太，話可不能這麼說，生意就是生意，妳大可不必把這看成是我和鮑恩之間的個人恩怨。再說了，妳手裡不也持有東南飲料公司的股票嗎？分紅時妳也會獲得相應的紅利的。」他微笑看說。

「是嗎？那只是很少的一點點，我現在已經越來越入不敷出了。」鮑恩太太不緊不慢地說著。

「看來這個老太婆不太好對付。」他試圖轉變一下話題，「我聽說妳有一個非常漂亮的花園，本來想參觀一下，只是今天的天氣太糟糕了。」

「不錯，我的花園的確值得驕傲，等天晴之後我一定帶你去看看。不過，最近發現花園裡有鼴鼠在刨花根，有些花兒都枯萎了，真可惜。我和園丁想用捕鼠夾子逮牠們，但是鼴鼠的數量實在太多了，我們得想個新辦法才行。」看來，鮑恩太太也隨著詹金斯轉話題了。

「哦，鼴鼠？我從朋友那裡倒聽說一個治鼴鼠的好辦法，具體做法是在花園的地裡埋上空瓶子，將瓶口朝上，這樣風就會讓瓶口發出嗚嗚的聲響，鼴鼠聽到後就會往裡面鑽。」詹金斯詳細地介紹著。

「我聽園丁說，有一個更簡單的辦法可以徹底消滅牠們。」鮑恩太太說。

「是嗎？」詹金斯饒有興趣地問。

「就是毒死牠們！這是不是聽上去很可怕？說實在的，我這個人不喜歡殺死動物，可是我的花園怎麼辦呢？為了保住花園，我必須要這樣做，園丁星期天就把藥買回來了，現在就放在儲藏室裡。」鮑恩太太望著詹金斯，說這話時一臉輕鬆。

「噢，原來是這樣。」

「園丁說了，現在地裡太溼，無法用藥，等天氣晴了以後，地乾到一定的程度，他就準備用藥了。當然了，你剛才說的埋瓶子的方法也可以試一試。詹金斯先生，不知怎麼搞的，你說的這種方法讓我產生一種特別奇怪的感覺。」這時，她突然像想起來什麼似的，猛然用一隻布滿皺紋的手拍了拍自己的額頭，「噢，你看我！我這個主人怎麼忘了給你倒杯茶呀。」

「噢，沒關係。不過，如果有杯茶就太好了。」他說。

「詹金斯先生，你大概還沒有喝過我用草藥泡的這種茶，它並不太釅，只是有點苦，有些人還特別偏愛這種味道，我想你喝了之後也會喜歡的。」她說。

「草藥茶？那一定不錯。」他還真想品嘗一下。

鮑恩太太轉身去廚房泡茶了。

詹金斯坐在客廳裡等她，這時，他心裡不禁有點奇怪：「怎麼她沒問起我對這所房子的感覺呢？是不是認為我看到了她這種貧窮的境況，已經喚起了我的同情心？時間大概不早了，我得趕緊找個藉口結束這次拜訪。」他低頭看看錶，已經三點了。「臨走之前，我還得問問薩姆·考德雷的情況，到時候我該怎麼問呢？」。

正在他思索的當口，只見鮑恩太太推著一輛小輪車走了進來，上面擺放的東西著實讓他吃了一驚，因為除了茶壺、茶杯之外，還有精美的、裝飾著大理石花紋的蛋糕和餅乾等食品。他趕緊站起來，說：「來，讓我來幫妳。」

當他們都坐下來後，鮑恩太太說：「年紀大了，體力也不行了，從前日子好過的時候，我們還能請個傭人，可是自從鮑恩的生意失敗後……唉，不說這些了，活著的人總得繼續生活下去。人老了，總喜歡回想過去，那時我和鮑恩先生是多麼幸福和快樂，原本以為會有個美滿的晚年，可……可是我沒想到他竟會撒手西去，剩下我孤獨一人，勉強維生，唉！」

「咳，咳……」詹金斯感覺嗓子裡有個餅乾渣卡在哪裡，他清了清喉嚨說，「鮑恩太太，我正在想，我和鮑恩先生共同作出的安排是想讓妳生活得好一些，不知妳現在有什麼問題或要求？如果有的話，請妳告訴我，沒必要徵求他人的意見，妳知道，現在有些年輕律師雖然誇誇其談，說得很好，但實際上他們經驗很少。」

「噢，」她微微一笑，說道，「我已經有一位律師了，就是考德雷先生，他給了我所需要的各種幫助。我認為，有些事他需要找你討論一下。」

「是嗎？」他內心有些不安，不過，他又很快穩住了心神，「可以，如果是公司事務，那麼隨時可以安排。不過據我所知，一切都是正常的，請相信我。」

「那就好。詹金斯先生，有關法律條文我不大懂，可是我清楚，如果我能夠拿出我丈夫是受到某種脅迫的證明，我相信法院一定會宣布協定是無效的。」鮑恩太太的話語綿裡藏針。

「什麼，脅迫？」詹金斯感到嗓子裡的食物又像卡住了似的，「妳別開玩笑了，哪會有這種事！這麼對妳說吧，當時鮑恩先生對協定的每個細節都過了目，他是在完全自主的情況下做出的決定，何談『脅迫』二字呢？妳千萬不要受什麼人的蠱惑，否則是沒什麼好結果的。」他的口氣也是咄咄逼人。

「是呀，考德雷先生是年輕了一些，可他很聰明的。」

「鮑恩太太，打官司耗神費力，而且只會帶來令人不快的經歷，難道妳喜歡那種感覺嗎？」

「無論如何，我想總會有更好的解決辦法。」

鮑恩太太和詹金斯你一句我一語，表達著各自的看法，似乎也都在暗示著什麼。

「更好的辦法？她這話是什麼意思？」詹金斯又呷了一口茶，這時，他彷彿意識到什麼。

「是呀，我也知道訴訟耗時傷神。不過。我還記得鮑恩先生曾說過，如果想解決什麼不愉快的事，那你就盡量採用快捷省事的方式。這句話說得對呀！」她也喝了一口杯中的茶說道。接著，她又微微一笑，說：「詹金斯先生，我的茶好喝嗎？」

「噢，好喝，真的很好。」他對面前的這個老太婆有點疑惑了，「她說這些是什麼意思？難道是在暗示什麼嗎？」

鮑恩太太並沒有理會這些，她依然慢悠悠地說：「我們家有一條老狗叫羅爾夫，有一次牠病得很厲害，顯然是要死了，雖然鮑恩先生很喜歡牠，但他還是毫不猶豫地……」

「他怎麼了？」詹金斯緊張地問。

「沒什麼，他只是餵了牠一些毒藥，大概是五價砷吧。」鮑恩太太說。

「哦，」詹金斯不易察覺地點了一下頭，「對不起，鮑恩太太，外面的風好像越來越大，我該走了。」他有些急促地說。

「風是比剛才大了。在我的花園裡，風總是吹落花瓣，折斷枝杈。不僅如此，今年夏天鼴鼠又來搗亂，不過園丁已經向我保證說，那些鼴鼠也折騰不了幾天了，五價砷的毒性足夠強，而且藥力也快得很，等著瞧吧！」

這時，客廳裡出現了短暫的冷場，只有牆壁上的鐘錶發出滴答、滴答的聲音。鮑恩太太似乎完全沉浸在五價砷的話題裡了，而他則一揚杯喝乾了裡面的最後一口茶。

「詹金斯先生，你知道我剛才在想什麼嗎？我在想，我丈夫死時可能用的時間長些，那就沒有什麼痛苦，但如果是被毒死的話，可就要遭罪了。」鮑恩太太說。接著，她又略帶歉意地說：「你看我，淨說這些毒藥的事，沒有掃你的興吧？」

「哦，沒，沒有。」他回應著。

鮑恩太太將自己手中的茶杯放下，又把椅子朝前挪了挪，說：「有件事除了我跟鮑恩先生之外，再沒有任何人知道，這和鮑恩先生保守了一輩子的祕密有關，現在我就跟你說說，他……詹金斯先生，有什麼不對嗎？你怎麼了？」她站了起來。

的確，詹金斯剛剛是發現有些不對勁，他那機關算盡的頭腦，直到這一刻才反應過來：草藥茶 —— 怪味 —— 儲藏室 —— 五價砷。「她該不會那麼幹吧！」他的腦海裡甚至產生了一個可怕的想法。

「她肯定就那麼幹了！原來她早就精心策劃好了。」他認定了這一點。

太可怕了！他用手猛地將自己的脖頸卡住，喉嚨裡發出可怕的嗚嗚聲，他想站起來，可是剛一離開座位就又癱坐了回去，他想說話，但是從嗓子眼裡擠出來的卻是悽慘的叫聲。

瞧著他這副樣子，鮑恩太太冷冷地說：「別緊張，準是餅乾渣掉進你的氣管裡去了，盡量放鬆，來個深呼吸就好了。」

他仍舊手忙腳亂，神情緊張，「五……五價砷哪！」他明明是在叫喊，但聽起來卻像耳語一般，似乎是「救命，救命啊！」

鮑恩太太依舊坐回了椅子，手中擺弄著茶杯，似乎什麼都沒有聽見。

「噢，我剛才的祕密還沒有告訴你，就像我已經說過的那樣，鮑恩先生沒上過什麼學，他是個戰爭孤兒，為了生活不得不很小就出去闖蕩……」

她在那裡細細地訴說著，而此時的詹金斯卻根本什麼都沒聽見，因為他還被那巨大的恐懼所籠罩，感到胃裡火燒火燎一般的灼痛，還有舊地毯上那盞昏暗的燈光，在他眼裡也變得愈來愈暗，「天哪！我就要死了嗎？」他已經恐懼到了極點，而她卻還能穩穩地坐在那裡，平靜地說話，或者是在品味著復仇的喜悅？或者是在等待著他的死亡？這個老太婆一定是瘋了！

詹金斯用盡全身力氣，扶著椅背站了起來，「求求妳，鮑恩太太，快打個電話給醫生吧，叫救護車，不然就太遲了！」他用微弱的聲音哀求道。

「太遲了？是嗎？」她的嘴角露出了一絲嘲笑，「可是你有沒有想過，當可憐的鮑恩在發動著的汽車裡倒下時，是不是真的就太遲了呢！」

「不！他是自殺的！那不是我的錯！」

「那麼我來問你，你是不是不恰當地利用了他？是不是欺騙了他並占了他疏忽失察的便宜？這些你都承不承認？」鮑恩太太氣憤地說。

「我，是，是的！不過，我可以……可以補償妳！把我所有東南飲料公司的股票都給妳！求求妳不要再耽誤時間了，我快不行了，快救救我吧！」

望著詹金斯那乞求的眼神，她慢慢地站起來，手中依然握著那個空茶杯，走近他，那蒼白的臉上沒有絲毫憐憫之意。「告訴你吧，警察發現的那份遺書實際上是你寫的，是你模仿了他的筆跡，還有他的簽名，然後你就殺死了他，難道我說得不對嗎？」

「不！啊，是……是的！我用鐵器把他擊倒，因……因為他懷疑我，還威脅我，我……我不得不這麼做。我一切都坦白了，只求妳救救我吧，再耽擱就來不及了！」為了求生，詹金斯不得不將一切都說出來。

當時在場的只有他們兩人，如果他還能活下來的話，完全可以事後再加以否認，因為，她沒有證人。

「好了，詹金斯先生，你站起來吧，瞧瞧你剛才的樣子，多蠢啊！實話告訴你吧，我沒在你的茶裡放任何東西，你不會中毒的。」

「什麼？妳說什麼？」他試探了一下，果然站起來了。「好哇，妳竟敢戲弄我！」他咆哮著，顯然被人耍弄的憤怒已經取代了剛才那巨大恐懼的壓力。「我什麼也沒有承認，沒有！我可以把說過的話全部推翻，不會有人相信妳的，就是相信了妳也沒有證據！」他的臉變成了鐵青色，看來是惱怒至極了。

「詹金斯先生，你先別發火，鮑恩的簽名，那是他唯一能讀寫的幾個字，他從來沒有上過學。」

「不可能！他不識字怎麼能經營生意呢？」他盯著她說。

「是我幫他。」鮑恩太太說，「你不要把我看得一無所知。如果當初鮑恩聽從我的勸告，他就不會遭受厄運了，我曾試圖警告過他，不要接受你的建議。所以，那天當警察把那份遺書交給我時，我心裡就明白了，他是被人謀殺的。關於他是文盲這件事，我沒有告訴過任何人，因為我曾發誓要替他保守這個祕密。那麼誰能從他的死亡中撈取好處呢？唯有你！」

詹金斯這時已經鎮定多了，他在心裡又開始盤算起來：「反正我到這裡來也沒人看見，只要跨出一步，我就可以伸手掐住她那皮包骨頭的脖子了，對，一不做二不休，就這麼幹！」

他邊想著，邊朝她身邊挪了挪。

「其實，對於鮑恩識不識字我根本不在乎，最重要的是我們相愛。詹金斯先生，我想這一點你是不會理解的，因為，你除了自己從來就不愛任何人。」

他又朝她跟前挪了挪，正準備……

突然，通往飯廳的那道門打開了，驚得他差點沒暈倒在地，原來是薩姆·考德雷和貝內特警長從裡面閃身出來，直接走到他跟前，四個人都站在那裡，靜靜地，一動也不動，足足有好一會，彷彿都在側耳傾聽屋外那風掃屋簷和雨敲窗扉的聲音。

謀殺

保羅 2473 的麻煩之源，是來自他發現的那本古書。他之所以能認出那是一本書，是因為有一次他在微縮檔案室，看到他們正在複製一些類似的有價值的古書，然後把原本銷毀。這本書顯然是遙遠模糊的過去留下來的，一直沒有被人發現，現在它讓保羅 2473 感到既好奇又恐懼。

當時他正在一條鄉下小道上參加週四的長跑訓練，正是休息時間，保羅 2473 躺在路邊的古老建築旁，周圍雜草叢生。百無聊賴之際 —— 他一直對週四的訓練提不起興趣 —— 他向四周打量起來，想找點樂子來解解悶。

他看到身邊有一堵破敗的牆壁，上面有條縫。在牆邊，掉落下來的磚塊形成了一個小洞穴。可以容納那些小小的野生動物在裡面生活。

保羅 2473 趴在地上朝陰邃的洞裡張望，他看到一本書躺在那裡。當然，他立刻想到應該怎麼做：掏出那本書，然後把它交給排長。他絕不會打開這本書，因為他從小接受的教育就是，與過去文明有關的東西，都是珍貴但伴隨著危險的。

所以他無權對那本書作出任何處置，比如毀掉它，甚至連閱讀它都不行。

看了看四周，似乎並沒有人注意他。也沒有發現排長的蹤影。排裡的其他人都躺在遠處的地上。保羅 2473 戰戰兢兢地把手伸進洞裡，慢慢地掏出了那本書。

書非常小而且非常輕，似乎一碰就會碎掉。在伴隨著恐懼和好奇的心理驅使下，他雙手顫抖地揭開封面，瞥了一眼扉頁。書名是《謀殺的邏輯》。

在那一刻，保羅 2473 感到非常失望。他勉強能認識「邏輯」這個詞，但是不太清楚具體的含義。至於「謀殺」這個詞，就完全不知道是什麼意思了。

既然看不懂內容，那麼這本書對他來講就沒什麼用了。但是他有點躊躇不決：或許能從這本書裡了解到什麼是「謀殺」？說不定「謀殺」會很有趣呢。

「全體起立！」遠處傳來排長的叫聲。

排裡的人都在起身準備集合，這時保羅 2473 作出決定。

他把書塞進襯衫裡。然後站起身，伸了個懶腰，走向集合點。

在自己的小屋裡，保羅 2473 每天晚上都在屬於他個人的那幾分鐘裡閱讀著那本書，他把那本小書放在《進步新聞報》下午版的下面，裝出一副讀報的樣子，實際上卻在讀那本小書，以避免被牆上的監視器發現，這種小把戲從學生時代他就十分熟稔了。

顯然這麼做是很危險的，但是，他卻越來越被這本小書中的內容所吸引，欲罷不能。慢慢地，他有了一些心得。

新發現令他震驚，原來謀殺就是奪取一個人的生命。這是他以前從來沒有的概念，甚至做夢都沒有想到過。

他知道人不會長命百歲，知道老人有時候會生病，會被送到醫院、生理實驗室或診所，然後就再也看不到了。死亡通常是沒有痛苦的，除非當局為了科學研究而規定它應該痛苦，他一直這樣認為。所以，他很少考慮死亡，也不怕死。

但是，在以前的文明中，謀殺顯然是一種存在的現象，那時，當局對人的死亡負責，但反對個人控制這種事。而在實際生活中，卻充滿了危險，謀殺似乎非常普遍。這種殘酷的現象讓保羅 2473 感到震驚，也吸引著他繼續讀下去。

他開始思考書的內容，他發現，在過去那種環境中，雖然謀殺很邪惡，卻是可以理解的。因為在那個社會裡，人們可以自由選擇伴侶，於是一些人出於嫉妒或報復，進行謀殺。而且每個人的生活必需品不是由當局來提供的，所以一些人為了得到財富，也進行謀殺。

保羅 2473 讀下去，了解了越來越多的各種殺人動機，有健康的，也有不健康的。

書裡有一章專門講謀殺的各種方法。還有專門講偵破、逮捕和懲罰謀殺犯的章節。

最驚人的是這本書的結論。它強調指出：「謀殺是一種普遍的現象，遠遠超過了統計的數字。許多因一時衝動而謀殺的凶手會受到法律的懲罰。但是，更多事先經過精心策劃準備的殺人犯則成功地逃過了法律的懲罰，造成了大量未破的懸案，凶手在和警察的較量中占據著上風。雖然統計數字有不同，但結論都無一例外地表明，大部分謀殺案都沒有偵破，也就意味著大部分殺人犯都能逍遙法外，安度晚年，並享受著他們的犯罪成果。」

讀完那本書後，保羅 2473 陷入了沉思。他明白，自己的處境很危險。新的文明絕不會允許傳播這種書，因為他們不會讓人類認知到自己野蠻的過去。閱讀這本書的行為，本身就是犯罪，而且他也知道了不允許讀這種書的理由。如果一旦被發現，等待著他的將是斥責、降級甚至公開的羞辱。

他把那本書藏在床墊裡，沒有毀掉。謀殺這一概念很讓他痴迷，幾乎所有的空閒時間裡，他都在考慮這事。

他甚至想告訴卡洛爾 7427。一個幾乎每天晚上都在娛樂中心和其約會的女孩，他們經常一起走進愛撫小屋，親密程度遠超過其他人。他正在接受與卡洛爾 7427 的和諧性試驗，希望能把她配給自己三年，甚至五年。

在讀完那本書的那個晚上，他差點把這事告訴她。像往常一樣，她走進娛樂中心，非常合身的工作服讓她的身材備感迷人。他凝視著她的金髮、明亮的藍眼睛和雪白的皮膚，他想到了配對一事：跟她共處一室，談談心理話，然後討論一些像謀殺這類新奇、有趣的話題，沒有比這更好的了。

為了避開輻射農業的談話小組，他把她拉到一個角落。

「你想知道一個真正的祕密嗎，卡洛爾？」他問她。

她眨眨長長的睫毛，紅著臉，顯得又好奇又羞澀。

「一個祕密，保羅？」她的聲音很輕柔，「什麼樣的祕密？」

「我違反了一條規矩。」

「真的？」

「很重要的規矩。」

「真的嗎？」她顯得很興奮。

「我發現了非常有趣的東西。」

「告訴我！」她探上前去，撥出的氣息散發著香水片的味道，這讓他很陶醉。

「如果我告訴你，你要麼去告發我，要麼就處在和我一樣危險的境地。」

「我不會告發你的，保羅。」

「但我不想讓你陷入危險中。」

她失望地撅起嘴。不過這讓他很高興。這證明和他一樣，她也很有冒險精神和好奇心。現在還不是時候，等到下個星期配對結果公布後，他倆將會同住一間屋子，那時他就會把那本書給她，讓她也讀讀，這樣兩個人就能自由地討論凶殺，不受時間的拘束。

就在那天，保羅2473認定，他與卡洛爾7427非常和諧，並且相信，配對試驗也能證明這一點，那試驗很科學。

但是，事實讓他大失所望。星期四，訓練歸來後，他看到了結果。

巨大的布告幾乎蓋滿了公告欄，上面寫著：「55區成員五年配對表。」他很自信地走到布告前。而結果使他震驚不已：卡洛爾7427與理查3833配成對，他的夥伴則是勞拉6356。

天哪，五年！跟勞拉6356一起生活——那個只知道傻笑，一頭深灰色頭髮的矮胖妞！他們認為他能跟她和諧相處？而理查3833那個裝腔作勢的傲慢畜生居然獨占卡洛爾7427五年。

保羅2473憤怒地考慮他的未來。以他現在的年齡，已經不允許去愛撫屋了。當局認為，這個年齡的人，安定下來，生活規律，才是有益於社會的。因此，這意味著他只能和勞拉6356在一起，而卡洛爾7427則屬於理查3833。

他和卡洛爾7427行將永訣！沒有溫馨的雙人房，不能無拘無束地討論他那本神奇的書。所有美好的憧憬都成了泡影！

那本書！！！

想到那本書，保羅 2473 果斷地作出了謀殺的決定。

這是唯一的出路，他堅信。該如何開始呢？能作為依據的只有那本書，他開始按書的內容來分析動機、方法和風險。

動機是顯而易見的：他和自己匹配的對象不得不分開，而且要各自接受一名並不合適的伴侶。

那麼在這種情況下，該如何實施謀殺呢？他繼續查閱下去。

他有兩種方案可供選擇，比如殺掉卡洛爾 7427，這樣可以避免她落到理查 3833 手裡，一般的情緒化殺手都會這麼做。但同時也意味著自己會失去她，而且無法避免和勞拉 6356 在一起生活的悲慘未來。所以這個方案被保羅 2473 排除。

只剩下一個選擇：把理查 3833 和勞拉 6356 都殺掉。雖然執行起來有點複雜，但這是唯一可行的方案了。

具體如何行動先不去想，首先要選好武器。他決定用刀，這也是他唯一能弄到的武器了。槍、毒藥之類的工具他根本弄不到。至於靠自身的力量進行扼殺，也沒有什麼可行性，因為理查 3833 他強壯得多，勞拉 6356 也不羸弱，想制伏她並不是件簡單的事情。相比之下，弄到一把刀並打磨鋒利，則要輕鬆得多。而且他學過一些生理學，知道人體的哪些部位比較致命。

最後，他估算了一下行動的後果。自己會被抓住嗎？一旦被捕，又會受到什麼懲罰？

這時他突然吃驚地發現，法律中沒有定義謀殺這種罪行，在日常受到的思想灌輸中，並不存在謀殺這個概念。在他所受到的教育中，最嚴重的罪行是叛國罪。這包括破壞、暴動和各式各樣的顛覆活動。其次是懶惰罪，包括怠工、缺席會議以及貪圖享樂、醉生夢死等。謀殺及相關的一切活動，比如搶劫、欺騙等，並不被列為罪行，甚至都沒提到過。這是一個多麼理想的社會啊，這裡不存在任何誘發犯罪的因素，直到保羅 2473 得知自己的和諧性試驗結果為止。那麼現在一切都迎刃而解了，既然這個文明沒有謀殺的概念，那自然就沒有應對的辦法和工具。那本書上提到的古老文明中的那些相應機構，包括專門的組織、老練的偵探、精通反謀殺調查的科學家等等，這裡一概全無。所以只要籌劃得當，他的謀殺將是萬無一失的！

想到這裡，保羅 2473 激動不已，他感覺到心怦怦直跳，現在必須著手籌劃了，時間應該還夠。距離公布住房分配，開始配對計畫，還有一週的時間。而他準備在兩天內開始行動。

保羅 2473 的工作是空氣過濾工程師，這給他的計畫實施提供了方便。因為他可以在 55 區裡隨便走動，而不會招來質疑。

現在所要等待的，只是一個機會。

週四依然是例行的長跑訓練，這浪費了他一整天的時間。等到週五，事情有了變化，他看了一眼空氣過濾有問題地點的名單，發現這些地點形成了一條絕妙的路線，這可以讓他先後接近兩個受害人。看來機會來了。

他把鋒利的刀子塞進襯衫後的皮帶裡。他穿著柔軟的絕緣鞋，悄無聲息地走過乾淨的走廊。他的工作安排得很緊，但是路線非常好。他可以抽出一兩分鐘時間。

第一個目標是理查 3833。理查 3833 的工作地點是病毒化驗室，在一個安靜偏僻的角落。保羅 2473 找到他的時候，他正著迷地趴在顯微鏡上工作。

保羅 2473 輕聲地打招呼：「祝賀你，理查。卡洛爾是個好女孩。」

這裡是個實施謀殺的好地方，被監聽或者監視的可能性很小，因為理查 3833 和勞拉 6356 從來都是安分守己的，所以不會受到特別的監視。而且衛兵們也很少會在工作時間監視別人。

「謝謝！」理查 3833 說，但他的心思不在卡洛爾 7427 身上。「你來了，快來看看這個小東西。」他從凳子上下來，驕傲地向保羅 2473 展示自己的工作成果。

保羅 2473 看了一眼，趁機偷偷轉了一下顯微鏡。「我什麼也看不見。」他裝腔作勢地說。

理查 3833 連忙湊了過去重新調整顯微鏡，把自己寬闊的背露給了保羅 2473，全然不覺危險正在臨近。

保羅 2473 從襯衫下抽出刀子，捅了過去，俐落而乾脆。

理查 3833 驚哼了一聲，雙手死命抓住桌子，終於晃著晃著滑倒在地上，眼睛裡充滿了恐懼和驚訝。保羅 2473 抽出刀子，閃到一邊，直到確認受害者在地上一動不動之後，才小心翼翼地在理查 3833 襯衫上擦乾淨刀子，然後迅速離開化驗室。整個謀殺的過程，沒有任何目擊者。

四分鐘之後，他來到數學計算中心，這是勞拉 6356 工作的地方，她正在操縱那些大型機器。勞拉 6356 同樣是一個人單獨工作，其他工種的員工都不在這裡。

勞拉 6356 的餘光瞥到了保羅 2473，但她手頭上正在向機器輸入指令，忙得不可開交。

「你好，保羅。」她咯咯笑著說。以前她幾乎沒有注意過他，但是配對方案公布後，她就變得對他非常溫柔了。「別告訴我房子已經準備好，可以搬進去了！」她還在親切地開著玩笑。

他走到她身後，慢慢地抽出小刀。

她還以為他要撫摸自己，這種行為在工作期間是嚴格禁止的，但是她卻並不抗拒，甚至有點期待，以至於胖胖的肩膀也開始微微顫動著，等待著他的撫摸。然而她等來的卻是無情的利刃，插進了自己的背部。

勞拉 6356 向前撲倒在控制盤上，機器繼續嗡嗡地響，燈繼續閃爍。

保羅 2473 拔出刀，在勞拉 6356 的上衣上擦乾淨，帶著一種成功的喜悅，輕輕地離開這裡。

在繼續自己的工作時，他高興地想：卡洛爾 7427 和保羅 2473 現在都失去了伴侶。所以委員會肯定會讓他們住進同一間房子，結成新的配對，這是很合乎邏輯的。這樣他們就可以一起過五年，到期還可以延續。

接下來事情將會如何發展？ 55 區的統治者們會作出什麼反應？這些都不是他所能掌握的，那本書也沒有告訴他，那上面寫的都是很久以前的古文明中的事情。

那時候，謀殺案是很轟動的事情。如果受害者非常出名，或者牽扯到什麼醜聞時，更是如此。報紙會對凶案進行詳盡的報導，還會隨著案情的發展進行追蹤報導，最後，當凶手被抓到時，還會報導審判的過程。整個事件可能會持續幾個星期、幾個月，甚至幾年。

保羅 2473 很忐忑地關注著事情的發展，在 55 區，當天下午出版的《進步新聞報》根本沒有提凶案。那天晚上在娛樂中心，除了理查 3833 和勞拉 6365 不見了之外，也沒有什麼異樣。

保羅 2473 在那裡看到卡洛爾 7427，自從公布配對結果後，他還沒有跟她說過話。他把她從同伴那裡帶到一邊，小心地問她：「理查呢？」

她聳聳肩。

「不知道，我沒看見他。」

他對她的態度感到很振奮：理查 3833 失蹤了，而她卻一點也不關心，好像她根本不知道配對這回事一樣，好像根本不在乎他。那麼，當這件事結束後，她會很樂意接受和自己在一起。

整個晚上他都和她在一起，感到幸福而且滿足。他繼續朝著好的方向揣測，當局會對這件事情不知所措，會裝成什麼也沒有發生一樣，不會提及，以避免讓一般人知道有謀殺這種事。對這一點，他深信不疑。

這種虛幻的自信，直到週六的早晨，被徹底戳破。那天的起床號特別尖厲，彷彿發生了什麼重大的緊急事件，而起床號響起時，屋外還都是一片漆黑。

走廊裡擠滿了充滿驚恐的人，大家連走路都有點搖晃，保羅 2473 穿好衣服，加入了集合中的佇列。

「向前齊步走！」

長長的佇列走出了迴廊，進到院子裡。這裡燈火通明，屋頂和高牆上的探照燈都突然打開，在刺眼的燈光中，各個排和各個連都排成佇列，站得直挺挺的，隊伍裡死一般沉寂，沒有人交談，也沒有人抱怨，整個院子裡籠罩著恐懼和壓抑的氣氛。

保羅 2473 也感到了恐懼和壓抑，雖然他知道沒有必要害怕，但是這種氛圍還是感染了他。這種情況以前從未發生過，但是可以肯定的是，絕不是什麼好事。

他開始胡亂猜測：接下來會發生什麼呢？宣布有兩個人被殺了？然後呢？他們會要求罪犯自首嗎？或者調查知情者？

但是很快他就鎮靜下來。很明顯，把所有的人都帶到這裡，就說明他們還不知道誰是凶手。這使他感到鼓舞，當然，現在看起來是在進行調查，會問各種問題，核查你在什麼地方。這些都需要小心應付，但最重要的是，當局在不知道凶手是誰的情況下，只要從容謹慎、應對得體，那他們將永遠被矇在鼓裡。

但是喇叭依然沉默，只留下這麼一群驚魂未定的人。也許這是當局的一種辦法，用恐懼來使凶手屈服。

半個小時過去了，天還沒有亮，但是誰也不敢離開隊伍，也沒有任何交談的聲音，甚至連咳嗽或者跺腳的動靜都沒有，唯一的聲音就是寒風的呼嘯。

探照燈的光亮很刺眼，這讓保羅 2473 很不舒服。他想閉上眼，但是一閉上眼睛，身體就開始晃動，似乎要摔倒。如果摔倒就麻煩了，那樣會成為大家注意的焦點，所以他只能盡力忍受著，同時想像著一些美好的事情來緩解痛苦和壓力。

這種折磨總會結束的，整個 55 區的幾萬個成員不可能只因為兩個人被殺，就永遠站在這裡。每天都有人死去，然後由農場的年輕人來填補位置，一切遲早會恢復正常的。

他開始憧憬恢復正常後的日子……與卡洛爾 7427 共同生活在一個房間……有可以說話的伴了……說悄悄話也可以……不再與可怕的孤獨為伴……甚至不再受到監視，因為配對的兩人可以有一定的隱私。

「一連！向右轉！齊步走！」

伴隨著整齊的腳步聲，一連的一百個人離開了院子。

聽著口令，保羅 2473 可以猜出他們去哪裡了。那應該是宿舍旁的娛樂中心。因為所有的大事，所有的檢查，都是在娛樂中心進行的。這樣很好，至少是他所熟悉的。如果一連那些人被命令走出大門，他可能會更不安。

幾分鐘……十幾分鐘過去了，燈光越來越刺眼，但是天依然沒亮。保羅 2473 是在二連。他的雙腿有點不聽使喚了，開始發麻，伴隨著微微的疼痛。頭也開始眩暈，燈光在他眼前閃動。他努力緊閉雙眼，但是對強烈的燈光起不到任何作用。

「二連！」

終於聽到了口令，可以走動了，他很開心。沒錯，果然是娛樂中心，兩個衛兵拉開門，整個連隊走進空曠的娛樂中心。

這裡同樣有很多燈光，但是比在外面好受多了，裡面有嗡嗡的人聲，連隊走到最頂頭，排成單列，而且不用再立正了，但是他們仍然緊繃著身體，因為受到了太長時間的恐懼，只能繼續保持沉默，不敢說話。

接著，單列縱隊開始穿過一個小門。保羅 2473 排在第二十名的位置，他估算了一下，前面的人是每三十秒左右一個，依次透過那扇門。看來沒什麼大不了的，他變得輕鬆起來，甚至有點期待輪到自己，他很鎮靜，因為這麼大規模的行為表明了當局的絕望和無助。

然後，他從前面人的肩膀看到那扇門通向一個房間，那裡頭只有一個護士和滿滿一桌針頭，他徹底鬆了口氣，差點喜極而泣。

原來他們只是在接受注射，大概是疫苗什麼的吧。這跟他進行的那微不足道的兩次謀殺毫無關係。

當輪到他打針時，他絲毫沒有感覺到針扎在手臂上的痛感。跟在院子裡的折磨和精神上的壓抑不安比起來，這簡直是微不足道的。

打了針後的感覺很奇怪，他的腦袋輕飄飄的，彷彿要暈倒了一樣。不行，不能在這勝利的時刻暈倒，他想強打起精神。但是這時，他彷彿已經完全失去了自我，只能機械地遵照衛兵的命令走進下一間房間。這個屋子裡有一個穿白袍的人，一雙銳利的眼睛盯得他渾身不自在，如坐針氈。

「你昨天捅死了兩個人嗎？」那個人開始訊問。

他很想回答不是，但是怎麼也發不出這個詞來，似乎有別的什麼人附身在他體內，逼迫著他說出真話來；看來是打針的原因。

「是的，」他回答道。

於是他受到了公審，這是為了殺雞儆猴，警誡 55 區的所有成員。

審判完畢，宣布了懲罰決定：他被放進了院子一頭的一個玻璃籠裡，身體被直立地綁在那裡，有一百條電線插在他身上的不同部位，這些電線都通到外面的一個控制板上，對應著各自的按鈕，所有的 55 區成員都能來隨意拷打他，只需要來籠子前按幾下按鈕，這對他們來說是很輕鬆的事，而且他們也非常樂意這麼做，以表示自己對新文明的熱愛和支持。但是這對於保羅 2473 來說確實有如無間地獄，這些並不致命的疼痛讓他生不如死，只能一直挨下去。

院子裡的廣播，每天都會重複一次他的罪行，警告著所有的人，他為何會得到這種對待：

「保羅 2473，」廣播抑揚頓挫地宣布，「肆無忌憚地破壞了兩個國家財產，理查 3833 和勞拉 6356，犯下了破壞國家財產罪，屬於叛國行為。」

然而最讓他絕望的，並不僅如此，因為最經常到籠子前來、並且最喜歡按按鈕的，正是卡洛爾 7427。

花生米

晚飯後，他們在飯館前面的街上截住了我。我還以為是他們發現我今早打開門，放走傑克遜先生屋後獵犬的那件事。

但是他們沒有問那事。

在從飯館驅車到警察局的那段短短的路程中，他們一言不發。

進到警察局，來到一個房間，我看見尼克森警官正坐在辦公桌邊，還有其他的一些警察，不過他們看我的目光很奇怪，我有點忐忑不安了。

尼克森警官開口了：「嗨，花生米，坐下來，我們要和你談談。」我只能小心翼翼地坐下來，心裡七上八下，等待著不知道是福還是禍的談話。

他看來有點不高興：「花生米，今天下午你在哪裡？」

我叫威廉，但是鎮上的人都叫我「花生米」，因為我愛吃花生，所以這成了我的綽號。

我思索著警官的問話，我本來以為他會問我有關傑克遜先生的獵狗，或者是兩天前我放走街上廉價店鋪籠裡的兩隻白兔的事。

我回答道：「我先在房間裡，然後出去散步。」

「地點？」

我苦苦地回憶著，一直到我清晰地記起來。我告訴他：「我先在鎮中心走了走，然後順泰易村路到河邊……然後，從那裡沿河床走。」

「為什麼？」

我搖了搖頭，不清楚他指的是指什麼。

「你為什麼到河邊去？」警官繼續問。

「那裡很涼快，而且風景不錯。」我老實回答道。

「你是去那裡看你感興趣的人，」另一個警察插嘴，語氣充滿了厭惡，「比如看年輕女孩游泳什麼的。」

尼克森警官阻止了他，然後繼續問我：「你在河邊做什麼？」

我閉上兩眼，以便努力回憶得更細緻些。

那是一條小河，在綠油油的兩岸間平靜地流著，太陽在遠處的山丘之上，四周的鳥兒在歡快地歌唱，自由地飛翔。我很喜歡這樣的景色，但是警官沒有問我這方面的事。

我說：「我沿河岸向南走了一陣子，中間偶爾停留了一下，但我大多時候只是繼續走，一直回到鎮上。」

「在那裡看到什麼人了嗎？」

「看到了。」

「你看到誰？他們在做什麼？」

「我看到幾個孩子，在小水壩上游的河裡愉快地游泳。有男孩也有女孩。」我停住了。

警官說：「繼續，花生米。」

我不知道他什麼意思，沒有說話。

我身後的一位警察嫌惡地說：「把這個畜生交給我，我會讓他開口的。」

「你知道得很清楚。」尼克森警官對他說。

「那個女孩被送到停屍間的時候，你也許沒有好好看看她。她被剖開的樣子……」

「閉嘴。」警官打斷了他。

大家都沉默了下來，但是他們無一例外地都惡狠狠地盯著我。我有點糊塗了，這是怎麼回事？

以前我每次被帶進警察局的時候，他們每個人都很友善，總是大笑著說我是一個非凡人物，但是必須停止釋放那些被我看見的各種小動物。不過這次氣氛似乎大不相同。

我不明白，所以只能規規矩矩地坐在那裡等候著誰來為我解釋一下。

尼克森警官終於開口了，他繼續問道：「你看見男孩和女孩在游泳？沒有別的人？」

「沒錯，我只看見洛伊家的小女孩瑪麗，還有威利醫生的兒子，我記得叫吉米。」

「他們當時在幹什麼？」

「他們穿著游泳衣站在河岸，互相對望。然後他們喊著說他們要走了，就離開了那裡，走進樹林。」

「你這時在哪裡？」

「沿河岸散步。」

警官嘆了口氣：「沒錯，根據別的孩子反映，吉米和瑪麗離開時，你正好經過。你一言不發，只是低頭慢慢走過。但是他們有人看見你一過去，就改變了方向，尾隨吉米和瑪麗走進了樹林，是不是？」

「是的。」我說。

「你為什麼要跟著他們？」

我眨眨眼睛，「不為什麼。」

「那麼，你為什麼走那條路？」

「我想走那條穿過樹林的小徑，然後上大路回鎮上。」我說。我身後有人嗤之以鼻。

警官接著問：「你後來看沒看見瑪麗和吉米？」

「看見了。」

「他們在幹什麼？」

「他們站在一輛停放在泥土路上的汽車旁邊交談。」

我並不是有意停步的，因為我並不知道他們在那裡，一直到我聽見他們的聲音。我從樹叢後面看見他們倆開始脫游泳衣，這時候我不能穿過去，所以只有靜靜地待在林子裡。

警官問：「他們談什麼？」

「像是在鬥氣，瑪麗一直說是吉米的錯，讓他想辦法。吉米也在不停地說不是他的錯，讓她別亂說話。」

警官的表情突然有了變化，聲調也略微顫抖：「你確信沒有聽錯？」

「是的。」

「他們正在為某件事爭吵，似乎是吉米犯的錯。那究竟是什麼事情？」警官繼續追問，語氣很迫切。

「我不知道，女孩子說他壞，不停地埋怨吉米，我不知道她是什麼意思。」

房間裡有點騷動，有人喃喃自語，我卻依然糊里糊塗。

「好吧，」警官說，「接著呢？發生了什麼？」

「哦，他們換好衣褲……」

「什麼？哦，你是說他們換下游泳衣，穿上了衣褲。他們換衣服的時候，能夠互相看見嗎？」

我皺著眉說：「我想是的 —— 他們站得挺近，大概一公尺遠。」

「嗯，他們吵架時，你在幹什麼？」

其實我不想聽他們爭吵，也不想看女孩赤身裸體 —— 那是不對的 —— 所以我離開了，然後穿過林子。

我告訴警官：「我繞了道順著小路回到了鎮上。」

「那兩個人沒有發現你？」。

「沒有。」

警官說：「我們在你站著看他們的樹後發現一堆花生殼，你離開的時候，瑪麗和吉米還在那裡嗎？」

「是的。」

「你還聽見他們說別的什麼了嗎？」

我緊閉兩眼，繼續苦苦回想。

那時候我剛在河邊散步結束，樹林裡太熱了，一點都不舒服，我只想盡快離開那裡。

「我聽見瑪麗在吼，告訴他自己有了嬰兒 —— 是他的孩子 —— 在她肚子裡，然後……」

我停頓下來，不太想回憶吉米罵那女孩的髒話，但是尼克森警官依然逼問得很緊。

「然後呢？他們還說了什麼？」他問。

「呃……那男孩說些髒話。他說，假如她再不閉嘴的話，就會讓她好看，讓她不用再擔心嬰兒的事。就是這些。」

警官冷峻地盯了我一會，然後用緩慢又沉重的聲調對我說：「花生米，你從沒有向我撒過謊，這次呢？你有沒有說謊話？」

我連忙搖搖頭：「絕對沒有，先生。」

「當你上了泥土路的時候，你看沒看見別的？」

「我看見一輛汽車從我身邊開過，它開得很快，開車的似乎是吉米。」

「車裡只有吉米一個人？」

「是的。」

尼克森警官嘀咕著，同時倚靠在椅子裡，沉思了一會。然後他看著我身後的警察說：「看來是這樣了，但是吉米說他幾乎不認識那女孩，卻又讓她搭車回鎮上，那倒是有趣。」

「你相信這個傻瓜，警官？」一位警察說。

「你不相信？」警官反問道。

那人沉吟了一會，然後說：「我相信，因為他沒有那個編故事的心眼。」

「我也不相信花生米會做出性犯罪的案子來。」另一個人笑著說。

我依然雲裡霧裡，只能局促不安地等待著發落。

最後，警官像下決心似的點點頭說：「去把那小渾蛋帶來，他的說法漏洞百出。」

有幾個警察立刻出去了，其他警官對我的態度也有所緩和。其中一位甚至給我遞了一支菸，但是我不抽菸。只是靜靜地等待著發落。

過了一會，尼克森警官對我說：「花生米，你在另外一個房間待著，等一會，我們要你重述一遍你剛剛告訴我們的話，而且要簽字。不用擔心，沒有人會傷害你，我們會保護你。」

我遵命照辦。

當我獨自坐在那裡吃花生米的時候，兩位警察夾著吉米走進來。他在戰慄。看來是受了驚嚇。

吉米被帶進警官辦公室，門也關上了。我還在等候著。

這時我想到那天下午發生的一些其他的事情 —— 當我沿小路走的時候，那女孩子的話始終在我腦子裡縈繞。然後，我看見在我身後，瑪麗自己獨自一人正沿路走來，十分憤怒的樣子。她似乎被憤怒衝昏了頭腦，無視我的存在，直接從我身邊經過。我眼睜睜地看著她走過去。當時我的頭腦很亂，一個使命般的念頭逐漸清晰了起來，對，我必須做點什麼。

我掏出了我的餐刀，我並沒有傷害別人的意思 —— 但是嬰兒不能關在她的肚子裡，嬰兒必須獲得自由，我嘗試著完成這個解放的使命，但是很不幸，在嘗試的過程中出了一點錯。

我並不打算隱瞞，但是尼克森警官並沒有問到這些，我不知道他們想知道什麼。

最後的安眠

明天是瑪莎七十四歲生日，而就在今天，她收到了一份特殊的「生日禮物」—— 一個櫃子。

搬運工人在樓下拆箱，然後抬著它在寬闊而彎曲的樓梯上一級一級向上移動。這讓他們費盡氣力，以至於經過臥室時，不小心讓櫃子刮到了門把手。瑪莎聽到櫃子與門柄相撞時的輕微顫音，心底也隨著顫動了一下。

「把它抬到靠牆的那邊去。」她指揮工人把櫃子安置好，然後心不在焉地將他們打發走。瑪莎獨自看著這似曾相識的櫃子，一種久違了的熟悉感和神祕感在心頭漾起。

那時瑪莎還小，經常去看望她的姑媽 —— 那個年齡不大就過世的可憐人。每次家庭聚會，晚輩們總會不經意地談起姑媽的往事：她三歲時被吉普賽人綁架，後來戀人為她自殺，還有，林中的野鳥常飛到她家裡乞討麵包屑果腹。

直到現在，瑪莎還能清晰地回憶起她見姑媽的最後一面。就在那個早晨，姑媽對她說了一番奇怪的話：「瑪莎，我要送給妳那個有很多抽屜的櫃子。別的孩子總是好奇地打開那些抽屜，只有妳懂得尊重別人的東西和祕密。所以，那個櫃子將來就屬於妳了。」

瑪莎的目光仍盯著櫃子，腦海中則在沉思：從那時看到這個櫃子，到現在差不多三十年了。這個做工粗糙的櫃子大約一尺厚、四尺寬、五尺高，著實像一幢古老的歐式建築。

由於三面呈扇形，所以櫃子的中間最高。它整體被刷得烏黑，而龜裂的漆縫中則露出一層金色薄紋。櫃子的抽屜分二十四排，每排十五個，而在左下方又有五個平齊的抽屜，右邊還有一個小門，上面刻著「閏年」兩字。這些抽屜大小都一樣，外面有老式的木柄。—— 這正是瑪莎記憶中那個櫃子：一個抽屜代表一天，三百六十五個抽屜正好夠一年，而那個寫著「閏年」的小門則是二月二十九日專用。

瑪莎記起來，姑媽生前常和櫃子打交道，每當她從一個抽屜裡取出紙條時，便莊重地說：「看看我今天會有什麼樣的運氣。」

想到這裡，瑪莎眉頭微皺了一下。她知道要按次序看這些抽屜裡的紙條，卻拿不準是從元旦開始還是從生日那天看起。她依稀記得，淡藍色紙條上那些細長筆畫構成了雋秀的字型，可是她卻從來不知道紙條上寫著什麼。

這時蘇珊娜打斷了她的沉思：「瑪莎小姐，今天的晚報。」這個半工半讀的大學生和瑪莎住在一起照顧她：上午把她扶上輪椅，晚上又把她從輪椅扶到床上休息。自從發生了二十五年前的那次意外，瑪莎僱過很多女孩來照顧自己，至今還有些交情比較深的女孩會寫信給她。

「這個櫃子真詭異。」蘇珊娜無心說道。

瑪莎卻有些不高興：「它有些年頭了，而且完全是手工的。」

蘇珊娜連忙解釋說：「哦，我不是說它不好，我的意思是，這些抽屜太小了，能裝什麼呢？也許連撲克牌也裝不下。還是說這是一種珠寶櫃或別的特殊櫃子？」

「妳不該這樣好奇地打聽太多事 —— 妳應該尊重別人的東西。」瑪莎尖刻地說，卻從自己的聲音中聽到了多年前姑媽的口氣。

「對不起，我以為抽屜是空的。」蘇珊娜感覺很委屈。

瑪莎緩和了語氣安慰她說：「沒關係，也許真的沒東西。」

當晚，瑪莎躺在床上，瑟瑟發抖。房間中充斥了黑暗，彷彿是從紗窗滲透進來的神祕濃霧。走廊上的燈光撫著黑漆漆的櫃子，若隱若現，飄忽不定。

「荒唐，」她暗暗責罵自己，「瑪莎，理性的妳不是那種愛幻想的女人。」

確實，在和一位年長而體面的男人結婚之前，瑪莎在一家私立學校中擔任數學教師。她對自己的聰明睿智十分自負，此時怎麼會迷信這麼一件家具呢？她為自己剛才的念頭而感到羞愧，那種愚蠢的迷信怎麼能夠相信？姑媽把自己的命運交付給這櫃子，不過是輕微的痴呆罷了。

「真的，瑪莎，」次日清晨，她像往常一樣提高嗓門哄自己，「過了這麼多年，櫃子裡也許什麼都沒有了。」雖然如此，但一當蘇珊娜把她安頓進輪椅裡離開後，她便慢慢地、不自覺地把自己推到櫃子前，用手上上下下撫摸那櫃子，她逐個抽屜地摸，一連摸了幾排，然後猛吸一口氣喃喃地說：「裡面有些什麼。」

她伸手過去，拉出第一個抽屜，放在大腿上，有些意外地發現，裡面確實裝有一張小紙條。皺摺的藍色字條上，墨水已經褪成了鐵鏽一樣的顏色，看起來像乾了的血跡。娟秀的字型，是這樣一句話：從過去來的一則訊息。

沒有標點，只有那麼幾個字。

瑪莎看了幾分鐘，重新疊好紙條，輕輕地放回到抽屜裡，一邊放，一邊自言自語道：「瑪莎，『從過去來的一則訊息』，這櫃子本身就是那個意思。」

當天下午，蘇珊娜帶來一封信，裝在一個大而厚的自信封裡，發信地址是一個律師事務所，封口的日期卻是二十五年前，收信人處寫著：交給我的姪女瑪莎，在她七十四歲生日的當天。

這封信裡寫著：

親愛的瑪莎，我寫這封信的時候，和妳讀到它的時候，會隔著很久的時間，等妳讀到這封信時，我已經不在人世了。我知道人們背後會笑我，說我舉止古怪；可我卻能知道過去和未來。最近我立下一份遺囑，把那個有很多抽屜的櫃子送給妳，就在妳七十四歲生日的前一天。姑媽卡倫。

看完信，瑪莎不由得身上一冷，那麼這才是「過去來的訊息」，而不是櫃子本身，並且是姑媽的訊息。

此後的幾天裡，瑪莎始終視櫃子為邪惡的東西，不想再接近它一步。但到了第四天，她卻再也忍不住了。瑪莎跳過了兩個抽屜，直接打開第四個：一個美麗的孩子，淺黃色的頭髮。

這句話她思考了半天，卻不得其法。她想不出她認識的孩子中有哪一個是淺黃色的頭髮，何況這些天，她很少看到小孩了。

午飯後，瑪莎睡了一覺，直到蘇珊娜喊醒了她。

「瑪莎小姐，」她輕輕地說，「以前妳常常告訴我，如果有小孩想吃甜點的話，讓我帶他們來見妳。」

瑪莎一抬眼，看到一個可愛的小女孩，長長的淡黃頭髮上，戴著一頂紅色的小帽。她驚訝地想到那個紙條上的話……

小女孩走後，瑪莎對自己說：這純粹是巧合。然而心中的不安卻揮之不去。

每天醒來，瑪莎都試圖讓自己不去理會那黑黑的櫃子，可是每一天，她都被一種莫名其妙的「力量」吸引到櫃子邊，然後打開一個抽屜。

有一天，抽屜裡的條子寫著「一位老朋友的祝福」，果然這天她收到了許多年以前一位要好同事的來信。還有一天，她看到的紙條是「一位年輕的客人」，結果下午就有一位過去曾照顧過她女兒的朋友，帶著自己六個月大的女兒來看她。

雖然瑪莎心中仍不情願，但是她已經漸漸習慣，並開始相信櫃子裡的東西了。

夏天過去，秋季又來，每張字條都有如拼圖遊戲中的一塊圖片，預言著她當天的生活。櫃子好像一天天變大，並且越變越黑。而瑪莎則始終不停地告訴自己，這個櫃子不可能預言她的未來。

這一天，她打開一個有白瓷手把的抽屜，紙條上寫道：一樁欺騙和犯罪的回憶。

瑪莎皺眉讀完，然後把紙條放回去時，卻聽到裡面有輕微的響聲。她再次拉開抽屜仔細看，發現了一枚戒指，上面鑲了一顆小小的藍寶石。

瑪莎把戒指拿出來，不自覺地往手指上戴了一下，發現太小。於是她拿著戒指翻來覆去地看，忽然吃了一驚，她認出了它，此時瑪莎的臉色瞬間難看起來。她把戒指放了回去，想起許多年前曾向姑媽堅決否認自己從來沒有拿過她的戒指，而實際上，她把戒指藏在了衣櫃的鞋盒子裡。

瑪莎迅速關上抽屜，轉動輪椅背對著櫃子，渾身瑟瑟發抖，自言自語地說「我不懂」，片刻後轉身對櫃子說：「我不懂，她怎麼知道……」

幾天以後，有一張字條這樣寫道：一次謊言，鑄成終身大錯。

瑪莎冥想苦思，卻始終沒想起來所謂的「謊言」。這時蘇珊娜來送午飯：「看哪，對面人家在掛國旗，今天是什麼日子？」

瑪莎猛地記了起來，今天是十一月十一，休戰日。許多年前，姑媽的男朋友約她去鎮上游行。那時瑪莎正好在姑媽家玩，在門口碰到姑媽的男友，不知是心血來潮，還是其他什麼，就騙他說：「卡倫姑媽不在家，和一位很帥的叔叔出去遊行了。」

第二天，人們在樹林裡發現了姑媽的男朋友，他死了，是落馬摔死的。

瑪莎並無惡意撒謊，只是想開個玩笑而已。當姑媽男友的屍體被發現時，瑪莎有點驚慌失措，可是等沒有人再提起這件事時，她便慢慢地把事情給忘了。

但是姑媽卻知道，她早就知道了。

一月十四日，條子上寫道：一件只是方便的婚姻。這一天，是瑪莎的結婚紀念日。雖然，二十五年前丈夫出了意外，她守寡至今，但她仍然記得這日子。她沉思著，這樁婚姻確實並不般配，但的確是方便的婚姻，直到後來她知道丈夫有了外遇。

在二月十四日這天，瑪莎拉開一個心形把手的抽屜，字條上寫著：一份充滿怨恨的禮物。

沒錯，她想起來了，但那他是罪有應得——她記得在丈夫的口袋裡發現了一塊香氣撲鼻的手帕，手帕上繡著字，寫著一個地址。她洗好手帕，燙好，用一隻漂亮的心形盒子裝了起來，裡面還附了一把裝有子彈的小型手槍。然後她按地址寄了出去，夾了一張卡片，卡片上瑪莎用模仿丈夫的筆跡寫道：一切完了，我們被發現了。

此後的幾個星期裡，每當晚飯之後，他們總是默默相對，瑪莎以欣賞的眼光看著丈夫。但他停止了加班，然後夜復一夜地看同一本書，臉上呆板的表情——與其說這是表情，不如說他像戴著一副面具。而瑪莎則一針一針地繡花邊。

三月裡一個並不舒服的晴天，瑪莎看到紙條上的字：一杯咖啡。她呼吸加快，想起來她告訴丈夫那件二月十四日的禮物後，丈夫冷酷地宣布他要和她離婚。她說起這件事，無非是想警告他一下，卻不想事情鬧到這種地步。

她抗議：「你說的不是真的。」

「是真的，我收拾幾件東西就搬到旅館去住，」他說，「明天就去。」

第二天，瑪莎偷偷溜進廚房，在廚師為丈夫準備的保溫瓶裡放進了許多安眠藥。他的汽車在離家還有六里時出了車禍，那時瑪莎正在樓上，沒有人懷疑她。她原本希望警察來抓她，但是相反，沒有人抓她，是她自己從樓上跌了下來。

瑪莎在醫院裡住了幾個月後出院，留下了半身不遂的後遺症。偌大的房子裡只有她一個人。因此，經濟條件不錯的瑪莎，留下了廚師，並僱用一名女大學生來照顧她。

她讀了很多書，獨自做著一些遊戲，並且繼續做針線活。直到那個詭祕的櫃子送來，她的整個心思都被它占據了。

從理論上，她知道命運不可預知，因此她常對著櫃子說：「這純粹是巧合。」每天早晨，她都決心不打開抽屜，可終究無法抗拒那股神祕的力量。

一個寒冷三月天，她打開紙條讀了起來：「算帳的日子。」瑪莎坐在那裡，凝視著一排排抽屜，心煩意亂。現在，只有幾個抽屜沒有打開過了。

這時蘇珊娜打斷了她的思緒：「瑪莎小姐，你的信。」

又是一封律師事務所的信。她略帶疲憊地打開，發現裡面裝著一封封了口的信。再打開，信裡是這樣說的：

親愛的瑪莎：

現在妳總該知道，我早就知道許多事情。有些事我早就該說，但是想到妳是個孩子，我說不出口。

雖然如此，但現在我覺得到了伸張正義的時候，我必須通知警察局。因此我寫了一封信存在律師事務所，它將在妳七十五歲生日那天投遞，寄給警察局。我希望這一年就當做妳一生的回顧，願上帝寬恕你的靈魂。

卡倫

附註：萬一她死亡，此封信燒毀。

瑪莎嚇呆了，往事一幕一幕在腦海中重現，恐怖的記憶不停地刺激著她現今已十分脆弱的神經。從那天開始，瑪莎寢食難安，整個腦子都亂哄哄的：卡倫的信裡會寫些什麼？警察會相信卡倫的話嗎？警方會起訴像我這麼大年紀的人嗎？

她開始考慮該如何處置這討厭的櫃子，可以賣掉，也可以燒毀。但她更希望有一天早晨睜開眼睛，發現它已經不在那裡了。她在黑暗中，對櫃子說：「真希望你會消失。」

這天早晨，蘇珊娜在幫瑪莎穿衣服時說：「瑪莎小姐，妳好像一夜沒睡。」

「我很好。」瑪莎說著，挺起胸看蘇珊娜整理完床鋪，擦拭書架上的灰塵。等蘇珊娜走後，瑪莎面對櫃子，現在只剩下兩個抽屜沒有打開了。「我絕不打開其中任何一個。」她發誓說。

九點過去，她把早報翻來覆去讀了一遍又一遍。十點，她讀完了書。到了十一點，瑪莎投降了，她走上前打開倒數第二個抽屜，條子上寫道：準備的日子。

瑪莎皺了一下眉。

蘇珊娜幫她洗頭之後，便去換床單，而瑪莎則修剪起自己並不長的指甲，然後要蘇珊娜換掉輪椅上的坐墊。

晚上，瑪莎躺在床上，想著還有什麼要準備呢？她聆聽著老爺鐘的鐘聲，它敲了十下，十一下，然後是十一點十五分。到了十一點半，瑪莎按下床邊的鈴，蘇珊娜匆忙跑了進來，擔心地問：「怎麼了？」

「我要穿衣服坐進椅子裡，」瑪莎說，語氣很堅決，「我要穿藍色的禮服。」

於是蘇珊娜幫她穿好衣服，扶她坐進椅子裡，然後俯身在瑪莎面前，關切地問：「瑪莎小姐，妳沒事吧？我的意思是……妳似乎很煩躁，半夜這樣起來打扮，有些……妳還好吧？」

「我很好，蘇珊娜，」瑪莎說，「妳回房休息吧。」

「好的，可是把妳這樣子留下，我有點不放心。」儘管還在擔心，但蘇珊娜停下了話語，俯身在瑪莎的臉頰上吻了一下——她以前從來沒有這樣吻過瑪莎。

瑪莎悲哀地輕撫著蘇珊娜吻過的地方，聆聽走廊上的腳步聲和熄燈的聲音。然後她緩緩地把輪椅推到櫃子前，伸出手摸向最後一個抽屜，此時老爺鐘正好以沉悶的響聲敲到了午夜十二點。

她對著櫃子說：「我來了。」

她打開抽屜，裡面放的不只是紙條，還有一小包東西：一條漂亮的繡字手帕，手帕裹著一把女人用的小型手槍。她打開手帕，那不正是她好久以前見過的手帕嗎？啊！為什麼以前她沒有注意到上面的字正是卡倫，為什麼以前她沒有看到呢？她又想起自己當年所寫的卡片，但此時手帕中並沒有。

這個神祕的櫃子對任何人都沒有意義。原來那個輩分比自己高、但年紀卻差不多大的卡倫姑媽，竟是當年自己丈夫的情婦。

她取出紙條，冷靜地說：「也許她最後還有話要說。」然後她讀了起來。

瑪莎把紙條輕輕拿在左手，右手將手槍放在乳房下扣動扳機。—— 字條飛落到地上，這張放在第三百六十五個抽屜裡的紙條說：

最後的安眠。

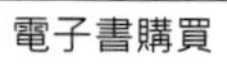
電子書購買

爽讀 APP

國家圖書館出版品預行編目資料

最後的安眠 —— 深埋在心底的恐怖事實，命運會將其公諸於世 / [美] 亞佛烈德 · 希區考克（Alfred Hitchcock）著，繁秋 譯 . -- 第一版 . -- 臺北市 : 崧燁文化事業有限公司 , 2024.06
面； 公分
POD 版
譯自 : The last sleep.
ISBN 978-626-394-315-5(平裝)
874.57 113006612

最後的安眠 —— 深埋在心底的恐怖事實，命運會將其公諸於世

臉書

作　　者：[美] 亞佛烈德 · 希區考克（Alfred Hitchcock）
翻　　譯：繁秋
發 行 人：黃振庭
出 版 者：崧燁文化事業有限公司
發 行 者：崧燁文化事業有限公司
E-mail：sonbookservice@gmail.com
粉 絲 頁：https://www.facebook.com/sonbookss/
網　　址：https://sonbook.net/
地　　址：台北市中正區重慶南路一段 61 號 8 樓
8F., No.61, Sec. 1, Chongqing S. Rd., Zhongzheng Dist., Taipei City 100, Taiwan
電　　話：(02) 2370-3310　　傳　　真：(02) 2388-1990
印　　刷：京峯數位服務有限公司
律師顧問：廣華律師事務所 張珮琦律師

定　　價：299 元
發行日期：2024 年 06 月第一版
◎本書以 POD 印製
Design Assets from Freepik.com